Geronimo Stilton

Il giardino segreto

Cari amici roditori,

dovete sapere che la mia passione per la lettura è cominciata tanto tempo fa, quando ero ancora piccolo. Passavo ore e ore a leggere romanzi bellissimi, che mi hanno fatto vivere fantastiche avventure e conoscere luoghi lontani e misteriosi. È proprio vero che leggere mette le ali alla fantasia!

Così ho pensato di regalare anche a voi le stesse emozioni
che ho provato io anni fa, raccontandovi i capolavori della
letteratura per ragazzi.

Quando la piccola Mary giunge a Misselthwaite, in Inghilterra, mai si sarebbe immaginata che la sua vita sarebbe cam-
biata così tanto. Nella grande casa immersa nella brughiera la
bambina scopre un meraviglioso segreto, che risveglia in lei
l'altruismo e l'amore per la natura!

Geronimo Stilton

Testo originale di Frances Hodgson Burnett *liberamente adattato da* Geronimo Stilton.
Coordinamento di Patrizia Puricelli, *con la collaborazione di* Maria Ballarotti *(testi) e* Roberta Bianchi *(illustrazioni).*
Coordinamento testi di Sarah Rossi (Atlantyca S.p.A.).

Editing e impaginazione di copia&incolla snc.
Direzione editing di Ilaria Stradiotti.
Grafica di Silvia Bovo. *Con la collaborazione di* Yuko Egusa.

Cover di Flavio Ferron.
Illustrazioni di Andrea Denegri *(matita e china) e* Edwyn Nori *(colore).*

Da un'idea di Elisabetta Dami.

www.geronimostilton.com

I Edizione 2012
© 2012 - EDIZIONI PIEMME S.p.A.
20145 Milano - Via Tiziano, 32
info@edizpiemme.it
International rights © ATLANTYCA S.p.A.
Via Leopardi, 8 - 20123 Milan - Italy
www.atlantyca.com - contact: foreignrights@atlantyca.it

Stilton è il nome di un famoso formaggio prodotto in Inghilterra dalla fine del 17° secolo. Il nome Stilton è un marchio registrato. Stilton è il formaggio preferito da Geronimo Stilton. Per maggiori informazioni sul formaggio Stilton visitate il sito www.stiltoncheese.com

Stampa: Mondadori Printing S.p.A. - Stabilimento di Verona

Geronimo Stilton

Il giardino segreto

PIEMME

Signorina Musolungo

Quando Mary Lennox arrivò a Misselthwaite, in Inghilterra, tutti la trovarono piuttosto SCONTROSA.
Fino ad allora Mary, che aveva nove anni, aveva vissuto in India con i suoi genitori.
Il padre era un diplomatico sempre in viaggio e la madre amava le feste e gli abiti eleganti, perciò Mary stava sempre con la bambinaia. Forse proprio per questo era diventata tanto scorbutica e capricciosa che tutti si tenevano alla larga da lei. Qualcuno la chiamava perfino Signorina Musolungo!
Quando perse i genitori a causa del COLERA,

Mary fu affidata allo zio, Lord Craven, che viveva appunto a Misselthwaite.

– La **bambina** verrà qui – annunciò Lord Craven alla signora Medlock, la governante.

– Lei andrà a prenderla a Londra.

Così la Signorina Musolungo lasciò l'INDIA per raggiungere l'Inghilterra. E la cosa non le piacque affatto!

Il viaggio in nave di Mary fu lungo e faticoso, ma nulla in confronto al **noiosissimo** viaggio in treno in compagnia della signora Medlock. L'**AUSTERA** governante infatti rimase tutto il tempo a fissare con aria severa quella bimbetta magra magra, dal viso smunto e imbronciato. Non solo perché Mary se ne stava immusonita e immobile con le braccia incrociate, ma anche perché dal momento in cui si era presentata non aveva pronunciato una sola parola.

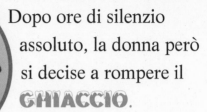

Dopo ore di silenzio assoluto, la donna però si decise a rompere il GHIACCIO.

– Sarà meglio che la avvisi, signorina: non esiste nessun luogo al mondo come Misselthwaite – dichiarò con tono piuttosto **aspro**.

Mary la guardò con un'ombra di curiosità.

– È una casa diversa – continuò la governante, con aria di mistero. – Diversa dalle altre.

Una casa
diversa dalle altre

La signora Medlock si mise a descrivere la casa fissando un punto nel VUOTO, proprio come se l'avesse davanti agli occhi. E Mary, che fino a quel momento non aveva prestato la minima attenzione né alla governante né a qualsiasi altra cosa, piano piano fu AFFASCINATA dal racconto.
– Prima di tutto, è una casa *enorme*. Ha tre piani e sorge nel cuore di una brughiera. Ed è molto antica… ha più di seicento anni! – spiegò la signora Medlock. – È bella, a suo modo, ma di una bellezza TRISTE… È una casa piena di malinconia, direi.

Mary chiuse gli occhi e cercò di immaginarla.

– Lord Craven, suo zio – proseguì la governante,
– è quasi sempre via. È un tipo molto introverso
e silenzioso. Da quando ha perso la moglie,
non vuole vedere nessuno. Perciò dovrà
starsene buona e badare a non disturbarlo!
La donna squadrò la bambina con una rapida
OCCHIATA poi aggiunse: – Cosa che le
riesce piuttosto bene, mi pare…
Mary fece spallucce. Di solito non
le piacevano le persone chiacchierone,
ma adesso era segretamente contenta
di sapere qualcosa di più su suo zio e su
Misselthwaite. In fondo, quel posto stava per
diventare la sua nuova casa!

– Ci sono tanti mobili antichi e preziosi. Dovrà
stare attenta a non ROVINARE niente, capito?
E ci sono cento, dico *cento*, stanze. Ma quasi
tutte sono chiuse a chiave.

Mary SUSSULTO. Tutte quelle stanze chiuse a chiave! E perché mai?!

Stava per chiedere spiegazioni, quando la signora Medlock riprese a parlare, aggiustandosi il cappellino con fare compunto.

– Intorno alla casa c'è un parco grandissimo... S C O N F I N A T O direi. Pieno di giardini e aiuole. Ah, ma non creda che siano giardini come tutti gli altri! Se si aspetta di trovare un parco **verde** e rigoglioso si sbaglia di grosso! Misselthwaite è immersa nella brughiera.

Mary era abituata ai paesaggi **colorati** e lussureggianti dell'India. Come poteva un giardino non essere verde e rigoglioso? E poi che cos'era una brughiera?

– Tutto è TRISTE a Misselthwaite – proseguì la signora Medlock, – proprio come Lord Craven... Ah, ma una volta non era così!

Quando la signora Craven era in vita, lui era sempre raggiante... Non aveva certo quel caratteraccio! E che dolore quando è successo quel **TERRIBILE** incidente! A furia di disperarsi lui si è chiuso in se stesso e...

La donna, vedendo che Mary si era fatta attentissima e non perdeva una **parola**, s'interruppe. In effetti, forse stava ciarlando un po' troppo. – Ehm... Comunque... insomma, queste cose le vedrà da sé.

La bimba batté le **palpebre** perplessa.

Cento stanze chiuse a chiave...

Un parco che non era un vero parco...

Un uomo triste, **CHIUSO**, con un caratteraccio...

Ma perché la signora Medlock si era interrotta così bruscamente, mentre parlava di lui?

'In ogni caso' pensò risoluta la piccola,

cercando di scacciare i timori, 'non me ne importa proprio niente!'.

Ma non era vero: le importava eccome...

Anche se faceva finta di non provare nessuna emozione, in realtà ora BRUCIAVA di curiosità.

Così, quando quella sera SCESE dal treno insieme alla signora Medlock e salì sulla carrozza che l'avrebbe condotta finalmente a Misselthwaite, era trepidante e il suo cuoricino batteva FORTE.

Che cos'è
una brughiera?

Misselthwaite si stagliava imponente, come un'isola di **pietra** in un oceano di arbusti, sassi e terra brulla. **maestoso** come un castello, l'edificio principale era tutto buio, fatta eccezione per un lumicino che brillava debolmente a una finestra d'angolo.

La sera era calata in fretta e una nebbiolina leggera avvolgeva ogni cosa. All'improvviso si alzò un vento forte, che produsse un rumore cupo e selvaggio. Come se non bastasse, pioveva a dirotto.

Mary si sporse dal finestrino della carrozza e

sgranò gli occhi. Si sentiva come in una fiaba, una di quelle piene di spettri, **STREGHE** e misteri, che fanno tanta paura.

Per la prima volta da quando era iniziato il VIAGGIO, parlò. – Che cos'è una brughiera?

La signora Medlock, che aveva chiacchierato da sola per ore e ore, trasecolò. – Come sarebbe a dire, che cos'è una brughiera?

La governante indicò il paesaggio con gesto vago. – Ma è questa, la brughiera!

La bambina osservò meglio: piante selvatiche, cespugli, campi incolti a perdita d'occhio divisi da muriccioli di pietre, alberi sparpagliati qua e là e un vento gelido che graffiava le guance...

Mary rabbrividì. – Lo zio vorrà vedermi, quando arriviamo? – domandò.

La signora Medlock scoppiò a ridere. – Ma si figuri! Non si aspetti che la accolga a braccia aperte! Lord Craven non vuole vedere mai NESSUNO, a parte Pitcher, il maggiordomo. Quando non è in viaggio, passa **TUTTO** il tempo rinchiuso nel suo studio. Quindi sia ben chiaro – continuò la governante accigliata, – a Misselthwaite è vietato fare capricci e curiosare dove non è permesso!

Mary sospirò. La brughiera le sembrava già una grande, **ENORME** prigione.

Una bambina
o una bambola?!

L' interno della casa era buio, austero e silenzioso: l'aria odorava di **VECCHIO** e di cantina.

Pitcher, il maggiordomo, un ometto esile e compassato con **FOLTI** baffi rossi, le accolse all'ingresso.

– Buonasera, signora Medlock.

Il padrone è nel suo studio e non vuole essere disturbato. Ho già preparato la stanza per la signorina.

Gettò una **RAPIDA** occhiata a Mary e accennò un impercettibile **sorriso**.

– Benvenuta a Misselthwaite, signorina.
Mary non rispose. – Lo zio non mi vuole
conoscere? – chiese invece.
– Non vuole vedere nessuno, signorina –
confermò Pitcher, sollevando un sopracciglio.
– Domani ripartirà per Londra – aggiunse.
Mary non era affatto felice: non solo era
finita in un luogo triste e cupo, ma suo zio
neanche veniva a salutarla!
La signora Medlock prese un campanello
per chiamare la servitù e lo fece tintinnare.

DLIN DLIN DLIN

Una giovane cameriera accorse solerte.
Appena vide Mary, le sorrise con dolcezza, ma
la bimba non la degnò di uno sguardo.
– Martha – disse la governante, – accompagna
la signorina Mary nella sua camera.

Mary si corrucciò ancora di più e seguì di malavoglia Martha al piano superiore. Sfiorò appena con lo SGUARDO l'enorme balaustra di marmo, che fiancheggiava le scale e i morbidi tappeti che coprivano i corridoi.

Entrò nella sua camera senza neanche guardarsi attorno.

Non ebbe neppure il tempo per pensare alla malinconia che la pervadeva, che si addormentò immediatamente.

Il mattino dopo si svegliò con l'impressione di aver fatto un BRUTTO sogno.

Un sole debole filtrava dalla finestra. Mary strizzò gli occhi e si guardò attorno CONFUSA.

– Si è svegliata finalmente! – la riscosse una voce festosa.

Martha, la cameriera, le porse un abitino bianco, un paio di calze e le scarpe. – Forza, signorina Mary, la aiuto a vestirsi!

Mary rimase **RIGIDA**, mentre Martha faceva del suo meglio per infilarle l'abitino.

– Mamma mia… – mormorava la povera cameriera. – Ma lei è una bambina o una **bambola?!**

Mary avvampò. – Come ti permetti di parlarmi così? Tu sei solo una cameriera! – Poi, offesa e **indispettita**, scoppiò in un pianto dirotto.

Martha rimase interdetta. Che cosa poteva aver detto perché quella bambina se la prendesse tanto?! Invece di offendersi però, da ragazza buona e **gentile** qual era, consolò con dolcezza la bimba. In fondo, non doveva essere facile cambiare Paese e casa così di colpo… Anche lei, se fosse stata nei suoi panni, si sarebbe sentita sola e **TRISTE!**

– Su, su, signorina… Non pianga in questo modo – la blandì. – Guardi che *bel* vestito le ho messo…
Ma Mary sembrò infuriarsi ancora di più e, inconsolabile, cominciò a singhiozzare sempre più FORTE.

Nessuno mi vuole!

Martha abbracciò la piccola. Era una cameriera e non le era permesso prendersi tanta confidenza con gli abitanti della casa, ma era anche una ragazza buona e sensibile e vedere una bimba in lacrime le stringeva il cuore.

– Ma perché piange? – chiese, intenerita. Mary si lasciò abbracciare. – Nessuno mi vuole bene… E la brughiera che c'è qui è orribile e mi fa tanta PAURA…

– Ma che cosa dice! – replicò Martha, asciugandole le guance. – Non sa com'è bella la brughiera! In primavera soprattutto, con il

sole tiepido che ILLUMINA i giardini e le allodole che cantano dolcemente. E dopo la PIOGGIA l'erba è profumatissima! E poi si riempie di fiori… Io non vorrei vivere in nessun altro posto al mondo!

Rincuorata, la bimba notò l'abitino che Martha le aveva infilato con tanta fatica.

– Questo vestito non è mio – obiettò.

– Oh, lo so – confermò Martha. – Ma il suo è **nero** e Lord Craven dice che è un colore troppo triste per una bambina.

Mary si rimirò allo specchio. – Sì – ammise, – questo è molto più carino del mio.

– Ed è più adatto per correre in GIARDINO! – aggiunse Martha.

– Anche mio fratello Dickon si veste sempre comodo, quando gioca all'aperto.

– Un bambino? – SUSSULTÒ Mary. – Vive qui?
La cameriera sorrise. – La nostra casa non è
distante da qui. Dickon le piacerà, vedrà. Sa
parlare con tutti gli ANIMALI!
Mary SGRANÒ gli occhi. Allora non era
l'unica bambina, a Misselthwaite! E se
anche questo Dickon fosse stato gentile
come Martha, magari sarebbero diventati
amici...

Come le sarebbe piaciuto! Mary non aveva
mai avuto un amico in vita sua.

Un giardino in gabbia

Dopo colazione, Martha portò fuori Mary e le indicò un cancello seminascosto tra alti cespugli.

– LAGGIÙ ci sono i giardini – spiegò. – Può andare a giocare lì.

Dopo un attimo di esitazione aggiunse:

– Uno dei giardini però è chiuso a chiave. Non ci va nessuno da dieci anni.

Mary la guardò SORPRESA. – E perché?

– Ecco… – tentennò la ragazza, – … era il giardino preferito della signora. Dopo che lei è morta, Lord Craven ha deciso di chiuderlo a chiave. Si dice che abbia seppellito

la chiave da qualche parte, ma nessuno sa
dove. In ogni caso, Lord Craven ha **PROIBITO**
tassativamente a *chiunque* di mettere piede
in quel giardino. Su, ora vada, che oggi è una
bella GIORNATA!

Mary si avviò verso il cancello, pensierosa. Un
giardino in gabbia… che cosa curiosa!
Girovagò tra un'aiuola e l'altra, ma ovunque
andasse non riusciva proprio a scacciare il
pensiero di quel giardino. Chissà se c'era ancora qualche FIORE dentro e chissà dov'era la
chiave. E poi com'era possibile
chiudere a chiave un giardino?
Mary sollevò lo sguardo e si accorse di trovarsi davanti a un muro tutto ri-
coperto d'edera. Al centro c'era una PORTA
spalancata. Stava per entrare, quando una
voce la sorprese alle spalle.

– E lei chi sarebbe?

Un tipo **ANZIANO** con il berretto e una vanga appoggiata alla spalla le si avvicinò. Non sembrava molto di buonumore.

– Che cosa c'è al di là della porta? – chiese Mary, invece di presentarsi.

Il tipo anziano, che era uno dei giardinieri, si grattò il berretto ed esitò un attimo prima di rispondere. – Un orto.

– E dopo ancora?

– Un altro orto. Ci sono solo ORTI e giardini cintati qui.

– E posso andarci? – insistette Mary.

L'uomo fece SPALLUCCE. – Mah, faccia come vuole – tagliò corto. – Tanto non c'è proprio niente da vedere.

Mary si avviò nell'orto senza neanche salutare, mentre il giardiniere scuoteva la testa contrariato. – Come sono maleducati i bambini d'oggi! – bofonchiò.

Non poteva sapere che Mary non voleva essere scortese, ma che invece aveva appena avuto un'**idea**... Se tutti i giardini erano lì, allora doveva esserci anche quello chiuso a chiave! 'E io ti scoverò, caro giardino segreto' decise tra sé la bambina.

Sapeva bene del divieto di Lord Craven, ma la tentazione di risolvere quel **mistero** era più forte del **TIMORE** di una punizione.

E, si sa, è davvero molto difficile resistere alle **TENTAZIONI**...

Cip, cip, ciricip!

Di orto in orto, di giardino in giardino, Mary s'inoltrò sempre di più nella tenuta che, con tutti quei muri alti e coperti dall'edera, sembrava un **LABIRINTO!** Aveva ormai perso l'orientamento, quando rivide il **VECCHIO** giardiniere, chino a zappare in un'aiuola.

Ma l'uomo non alzò la testa e Mary riprese a **CAMMINARE** lungo uno dei tanti muri. Dopo un po' si accorse che quel

muro doveva cintare un giardino che ancora non aveva esplorato, ma non riuscì a trovarne l'ingresso. Rifece l'**INTERO** percorso, tornando al punto di partenza, ma della porta non c'era proprio traccia.

I rami di alcuni alberi da frutto sporgevano oltre la cima del muro, stiracchiandosi come lunghe braccia pigre. L'attenzione di Mary fu attirata da qualcosa su un ramo sopra di lei.

– **CIP, CIP, CIRICIP!**

Un piccolo pettirosso! Il visetto **PALLIDO** e smunto della bambina s'illuminò di fronte a quel batuffolo di piume, così **tenero** e grazioso.

L'uccellino andò a posarsi dritto sul berretto del giardiniere, che finalmente si rialzò e mostrò sul volto **BURBERO** un bel sorriso.

– Eccoti qua, birbantello!

– Sono stata in tutti gli orti, signore – s'intro-

mise allora Mary, **SBIRCIANDO** l'uomo e il pettirosso con interesse (erano proprio una strana coppia di amici!).

– Mmm… – mugugnò lui.

– E anche nei giardini. Tutti quanti! – insistette la bimba. – Ma questo è senza porta.

A quelle parole, l'uomo **TRASALÌ**. – Quale? – chiese, aggrottando le folte sopracciglia e tornando scontroso come prima.

Mary indicò il muro accanto a sé. – Proprio oltre questa recinzione. Prima il pettirosso era lì dentro, sono **sicurissima!**

L'uomo fece spallucce e nicchiò, mentre Mary lanciò di nuovo un'occhiata al **MURO** misterioso. Era certa che nascondesse il giardino in cui nessuno poteva entrare!

Il pettirosso iniziò a saltabeccare qua e là, muovendo il capino come per osservarli.

La bambina si intenerì.

– Lui è solo, proprio come me – mormorò.
Il giardiniere la guardò con maggiore interesse. – Lei è la signorina venuta dall'INDIA, vero? – le chiese.

Mary annuì seria. – Sì, sono io. E sono sola qui. Non ho nessun amico.

– Ah beh, allora non siamo tanto diversi, io e lei – osservò l'uomo divertito. Posò la zappa e raggiunse la bambina.

Con un sorriso, le tese la mano. – Ben Weatherstaff – si presentò. – Anch'io sono solo: il pettirosso è il mio unico amico. Scommetto che anche lei ha un brutto carattere, proprio come me!

La bimba scoppiò a ridere. Per la prima volta in vita sua, Mary si sentì contenta.

Da quel giorno, ogni mattina la bambina faceva un'abbondante COLAZIONE e poi si precipitava fuori.

Gironzolava in lungo e in largo e poi tornava a casa, affamata e stanca.

E a furia di trascorrere le sue giornate all'APERTO, da magrolina e malinconica si fece forte e ALLEGRA e le sue guance PALLIDE divennero rosse come mele.

Il vento piange!

Una sera Mary decise di fare a Martha qualche domanda sul giardino misterioso. Sapeva che era vietato parlarne, ma dopotutto che **male** c'era a conoscere qualcosa di più di Misselthwaite? In fondo ora era anche casa sua!

– Perché lo zio ha chiuso a chiave il giardino? – chiese. – Se piaceva tanto a sua moglie, lui avrebbe dovuto curarlo, no?

La cameriera, dapprima assai restia a rispondere, infine cedette. – Eh, bimba mia! – SOSPIRÒ con rammarico. – Purtroppo la signora ebbe un brutto incidente proprio in quel giardino!

Per questo Lord Craven lo detesta. Non vuole più neanche sentirne parlare!

La **notte** scese scura al di là della grande finestra e il vento si mise a **ULULARE** e mugghiare sulla brughiera, come una bestia feroce. Mary rabbrividì e si accoccolò in braccio a Martha. – Ma com'è successo? – insistette.

– Beh, ecco… – disse la cameriera, esitante.

– La signora amava sedersi sul ramo di un **GROSSO** albero, dove aveva fatto arrampicare le sue rose. Un giorno disgraziatamente il ramo si spezzò e lei **CADDE**. E si fece così male, che morì poco dopo!

La bambina, impressionata, si coprì la bocca con la mano.

Proprio in quel momento, un lamento improvviso si aggiunse agli ululati del **vento**.

– Hai sentito? – chiese Mary. – Che strano rumore! Non sembrava venire da fuori…

Il lamento si ripeté. Ora però sembrava quasi un singhiozzo.

La bimba trasalì. – Il vento PIANGE!

Martha si alzò, chiuse le tende e si AFFRETTÒ a spegnere tutte le candele. – Ma figuriamoci, sono solo spifferi! – tagliò corto. – Ora si metta a letto, da brava…

Ma era molto IMBARAZZATA e a Mary sembrò che le avesse raccontato una BUGIA.

Cento stanze
chiuse a chiave

Quanti *capricci* faceva il tempo nella brughiera! Il giorno successivo, neanche a dirlo, pioveva a dirotto.

La piccola passò la mattina a GUARDARE fuori dalla finestra, immalinconita.

– Perché non gioca un po' in camera sua? – le suggerì Martha.

– Ma non ho GIOCHI! – replicò la bimba.

– Allora potrebbe leggere un *bel* libro, che ne dice? È bello leggere!

Mary SCOSSE la testa. – Non ho libri. Li ho lasciati tutti in India.

– Ma c'è una biblioteca fornitissima in que-

48

sta casa! – ribatté la cameriera. – Potrebbe
chiedere alla signora Medlock il permesso
di andarci!

Mary s'ILLUMINÒ. L'idea di esplo-
rare quella grande casa alla ricerca della biblioteca la entusiasmò. Era stata
così IMPEGNATA in giardino, che
per tutto quel tempo aveva scordato di
fare un giro di perlustrazione. Chissà se
nella casa c'erano davvero cento stanze
e se tutte erano chiuse a chiave...

Ringalluzzita, si PRECIPITÒ fuori dalla
porta e cominciò l'esplorazione.

In fondo alla galleria dove c'era la sua stanza
si dipartivano altri corridoi, poi delle SCALE
e altri corridoi ancora. E c'erano tante porte, una vicina all'altra, e **grandi** quadri alle
pareti con strani paesaggi o figure di signori e
signore molto *eleganti*.

Una galleria, in particolare, era completamente tappezzata di ritratti. Sembravano spiare Mary e seguirla con lo sguardo, come se volessero chiederle: 'Chi sei?', 'Che cosa fai qui?'. Molti erano ritratti di dame, vestite con pesanti abiti di raso lunghi fino ai piedi; altri di uomini con le maniche a sbuffo, i colletti di pizzo e i capelli lunghi e ricciuti.

Un ritratto poi sembrava somigliare così tanto a Mary, che la piccola non poté fare a meno di sussurrare: – Chissà dove sei, bella bambina? Oh, vorrei tanto che fossi qui!

Mentre bighellonava su e giù per scale e scalette, attraverso strettissimi passaggi e lunghissimi corridoi, Mary aveva la sensazione di essere sola in quell' IMMENSA casa e che tutti quei corridoi non fossero mai stati percorsi da NESSUNO prima di lei.

Si domandò: 'Perché ci sono così tante stanze? E perché le hanno costruite e poi chiuse a chiave? Che senso ha?!'.

Solo quando **salì** al secondo piano, le venne in mente di provare ad aprire alcune porte. Erano tutte chiuse a **chiave**. Ma alla fine girò la maniglia di una stanza in fondo all'ennesimo corridoio e questa cedette sotto la sua mano. Mary trattenne il respiro e, tremando per l'emozione, spinse la porta.

Un pianto lontano

Mary si ritrovò in una grande camera da letto, piena di arazzi alle pareti e mobili intarsiati. L'**AMPIA** finestra dava sulla brughiera e sopra il camino la stessa bambina di prima la **FISSAVA** curiosa da un altro ritratto. Però, a parte questo, nella stanza non c'era niente di interessante: con tutti quei **misteri**, Mary si sarebbe aspettata di trovare come minimo un **tesoro** o qualcosa del genere!

Un po' **DELUSA**, proseguì il giro di ricognizione. Scoprì che in realtà molte porte non erano affatto chiuse a chiave e che le camere si somigliavano tutte: arazzi, tappeti, camini, mobili, finestre sulla brughiera…

Dopo avere vagabondato per un tempo che le sembrò i n f i n i t o, la bimba decise che aveva visto abbastanza: era ora di tornare in camera! Ma la cosa non era affatto semplice: ormai si era così inoltrata in quel **LABIRINTO** di stanze, che adesso non aveva la minima **idea** di dove si trovasse. E poi, anche se era mattina, tutto era così silenzioso e **SCURO**… Incerta, imboccò qualche corridoio a caso, ma più tentava, più **sbagliava** strada. Alla fine, chissà come, riuscì a raggiungere il piano della sua camera. Ma ecco che d'un tratto…

SIGH! SIGH!

Mary sussultò. Di nuovo quel singhiozzo sommesso!

E non c'erano dubbi: era il PIANTO di un bambino disperato!

Era molto vicino, anche se attutito dalle pareti.

Sembrava venire proprio da una stanza. Eppure non c'erano PORTE lì.

Mary appoggiò la mano sulla tappezzeria e con grande stupore si accorse che cedeva.

Affascinata e SPAVENTATA al tempo stesso, deglutì. Che fosse un passaggio segreto?

Ancora bugie…

*L*a testa di Mary fece appena in tempo a fare capolino oltre la porta e intravedere un nuovo corridoio, che una voce severa la fece **SUSSULtare**…

– Si può sapere che cosa ci fa qui, signorina?!
La bambina si sentì **STRATTONARE** indietro per un braccio e si trovò faccia a faccia con la signora Medlock.
Aveva un **GROSSO** mazzo di chiavi in mano e un'espressione contrariatissima stampata in volto.

– Che cosa le avevo detto? – **TUONÒ** la governante. – È proibito gironzolare qui!

Mary cincischiò. – Mi scusi, è che
ho sentito un bambino piangere e
volevo capire se…
La signora Medlock SGRANÒ
gli occhi e quasi perse l'equili-
brio. – Ha sentito *cosa*?! Non ci
sono **bambini** che piangono qui.
Solo bambine disobbedienti, che
non si fanno gli affari loro!
– Non è vero! – ribatté Mary, agguerrita. – Io
l'ho sentito eccome! E non è la prima volta!
La governante AVVAMPÒ. – Adesso lei se ne
va subito in camera sua, intesi? Altrimenti
saranno guai!
Così dicendo, **TRASCINÒ** per un braccio la
povera bimba fino alla sua stanza.
– Per **PUNIZIONE** rimarrà in camera fino
a stasera – sentenziò. – Ho ben altro da fare io,
che badare a una ragazzina impertinente.

E uscì **SBATTENDO** la porta, brontolando
infuriata.

Mary incrociò le braccia, **ACCIGLIATA**.

C'era un bambino che piangeva in quella casa.

L'aveva sentito due volte. Ne era certa e prima
o poi avrebbe **SCOPERTO** chi era!

La chiave
dei misteri

Qualche giorno dopo, finalmente il sole tornò a **risplendere** nel cielo e a scaldare l'aria.

– Il sole! Il sole! – esultò Mary.

Martha **ridacchiò** divertita. – Sì! E tra poco vedrà fiorire la brughiera. Le verrà voglia di stare in mezzo alla **NATURA** tutto il giorno, come fa Dickon!

Mary sorrise. Non aveva più pensato a Dickon.

– Dai tuoi racconti tuo fratello sembra piuttosto simpatico – sospirò.

– Lo è eccome. Anche gli altri miei fratelli e la mamma sono bravi e **simpatici**. Oh, quasi dimenticavo! Le ho portato un regalo. Glielo manda la mamma!

Mary spalancò gli occhi e **ARROSSÌ** di piacere. – Un regalo? Per me?!

Martha estrasse un piccolo involto dalla tasca del grembiule. Era una corda per **SALTARE**, con i manici di legno bianchi e rossi: il regalo più bello che Mary avesse mai ricevuto!

La bimba trattenne una **lacrima** di commozione. – È bellissima! Ma è per me? Sei proprio sicura?

– Ma certo che è per lei, signorina – confermò Martha. – Così, mentre scorrazza per i **GIARDINI**, può anche saltare un po'. Vedrà come le farà bene! E si divertirà un mondo!

– Io… io non pensavo di piacerti, sai Martha – confessò la bimba. – Io non piaccio **MAI** a nessuno, perché sono troppo antipatica.

Martha sollevò un sopracciglio. – Ma senti! E mi dica un po', lei si piace così?

– Per niente – rispose Mary con **sincerità**. Cercò di immaginare se stessa diversa, ma era talmente abituata a stare per conto suo e a non confrontarsi con gli altri, che proprio non ci riuscì. D'improvviso si sentì più sola che mai. Così scappò in giardino, dove si mise a correre INTORNO allo stagno: dopo aver fatto dieci giri, si sentì meglio. Poi provò la sua corda nuova. Cominciò con pochi salti stentati, ma presto arrivò a dieci, venti, trenta…

HOP! HOP! HOP!

Saltava e contava, contava e saltava… Pian piano le guance le diventarono PAONAZZE e i capelli le si scompigliarono. Non si era mai divertita tanto in vita sua!

Quando fu STANCA, si fermò per riprendere fiato. Si mise ad ammirare il cielo azzurro e gli sbuffi di nuvole bianche che si rincorrevano VELOCI. Il sole aveva trasformato completamente la brughiera.

– La PRIMAVERA è alle porte – osservò qualcuno alle sue spalle.

Mary si voltò e vide Ben che le sorrideva, con il pettirosso sulla spalla.

– Lo sente, il profumo? – insistette.

La bimba chiuse gli OCCHI e respirò profondamente. – Sento un buon odore di fresco e umido – rispose.

Il giardiniere annuì. – È il profumo della terra arata, pronta per la semina. Ora è contenta anche lei. D'inverno invece è triste, perché non ha niente da fare. Presto spunteranno crochi, bucaneve e narcisi in tutti i giardini della tenuta. Vedrà che bellezza!

Mary fissò un punto in LONTANANZA.

– Spunteranno anche nel giardino segreto?

– Quale giardino? – borbottò Ben, di colpo rabbuiato e allarmato.

– Quello dove vive il pettirosso.

– Ah, quello. Beh, lo chieda al pettirosso, no? È l'unico che possa saperlo.

Mary si allontanò lentamente, sovrappensiero. Per qualche ragione aveva iniziato ad affezionarsi a quel giardino, anche se non vi era mai entrata. E voleva già bene anche a Ben, a Martha e a Dickon (anche se non lo conosceva ancora!). Era proprio STRANO per lei, che non aveva mai voluto bene a nessuno!

Come raggiunse il muro coperto d'edera del giardino segreto, il pettirosso, che zampettava su una zolla appena smossa, la salutò con un vispo cinguettio.

– Che carino, mi riconosci! – esclamò Mary.

Raggiante, si chinò e gli tese una
mano, quasi a toccarlo.

Solo allora notò un piccolo oggetto seminascosto nella zolla. Sembrava una specie di anello
di ferro... Ma no, era più lungo, era... era...
una vecchia chiave tutta arrugginita!

Mary sbirciò attorno con circospezione, raccolse la chiave e la ripulì. Che fosse quella del
misterioso giardino?

Un luogo incantato

Mary cercò invano di soffocare l'ECCITAZIONE e la curiosità per la sorprendente scoperta.

Strinse la chiave nella mano e vide che il pettirosso la FISSAVA con aria complice.

Sembrava proprio che volesse dirle qualcosa!

– Mi hai aiutato a trovare la chiave – gli sussurrò Mary. – Ma la porta dov'è?

L'uccellino volò allegro attorno alla bimba e infine andò a posarsi su un punto del muro, sommerso dall'edera ancora più degli altri.

Proprio in quel momento arrivò una folata di vento e... FRUSH!

Un luogo incantato

I rami si sollevarono un poco e si scosta-
rono, lasciando scoperto qualcosa che brillò
per un attimo al sole. Mary, che si era avvici-
nata all'uccellino, rimase senza parole per lo
STUPORE: davanti a lei c'era la maniglia di
una porticina! Era un pomolo ton-
do, tutto arrugginito e consuma-
to dal tempo.
Con il **cuore** che batteva veloce, Mary infilò
la chiave nella vecchia serratura, che scattò
con un rumore sordo. La bambina trattenne il
respiro e, dopo aver scostato l'edera con una
mano, con l'altra spinse la PORTA, che si aprì
lentamente, cigolando.
Mary oltrepassò la soglia e si trovò immersa in
un luogo da fiaba.
Il muro di pietra che cintava il giardino era in
parte nascosto: il fitto intreccio dei rami spogli
delle rose rampicanti lo ricopriva.

Con l'inverno l'**erba** aveva perso il suo verde lucente e il terreno era disseminato qua e là di cespugli secchi. C'erano tanti alberi su cui i roseti si erano arrampicati, disegnando **intrecci** lungo tutta la corteccia e ricadendo verso il suolo come tendaggi. Non solo: alcuni rami di rose si erano allungati da un albero all'altro, stendendo un ampio mantello sopra ogni cosa.

Mary si guardò attorno, incredula, e si domandò se le piante fossero ancora vive.

Quell'enorme, **intricata** ragnatela di rami infondeva al giardino un'aria di mistero e d'immobilità: sembrava che tutto dormisse in attesa di risvegliarsi.

Quel luogo era magico, incantato, diverso da qualsiasi altro Mary avesse mai visto.

La bambina, che era rimasta attonita a contemplare quella **meraviglia**, si inoltrò

tra le piante in punta di piedi, come se avesse
PAURA di SVEGLIARE qualcuno.

Raggiunse un ampio arco di roseti intrecciati e
accarezzò un lungo ramo, stando attenta a non
pungersi con le spine.

– Come vorrei che queste rose fossero ancora
vive! – mormorò con un filo di voce.

Mary ispezionò il terreno come un piccolo
segugio e scoprì che in mezzo all'erba c'erano
tanti minuscoli puntini verdi: erano le foglioline
delle nuove piante, che cominciavano a spun-
tare. Allora il giardino era ancora vivo!

Vide che in certi punti le erbacce erano talmente vicine alle piantine da
soffocarle. Così la piccola lasciò
la CORDA, si guardò attor-
no e raccolse una vecchia zappa
spuntata, che trovò abbandonata
tra l'erba. Era perfetta per smuovere la terra

e togliere le **ERBACCE!** In questo modo le giovani piantine avrebbero potuto respirare. Infervorata, Mary lavorò alacremente tutto il pomeriggio. Si fermò solo quando le braccia le fecero **male**.

Allora riaprì la porticina, la richiuse con cura dietro di sé, badando bene a NASCONDERLA di nuovo sotto l'edera, e corse a casa, con gli occhi che brillavano di felicità.

Sai tenere
un segreto?

Se voleva **STRAPPARE** le erbacce in tutto il giardino segreto, Mary aveva bisogno di una zappa *nuova*. Così domandò a Martha di procurargliene una. E già che c'era, chiese anche un rastrello e un secchiello.
– Che bello, signorina! Fa bene a darsi al **GIARDINAGGIO!** – approvò Martha.
Da quel momento la bambina si prese cura del giardino segreto con impegno ancora **MAGGIORE**. Le piaceva stare lì. Soprattutto le piaceva la **STRANA** sensazione che provava quando, rinchiusa tra quelle **VECCHIE** mura, sapeva che nessuno avrebbe

potuto scoprirla. Le sembrava che quel giardino fosse il suo regno!

Una mattina, passeggiando tra gli orti, la bimba notò che il cancelletto che si affacciava sul bosco era aperto. Lo oltrepassò e poco dopo s'imbatté in colui che tanto aveva desiderato incontrare: Dickon!

Lo riconobbe subito, anche se non l'aveva mai visto. Se ne stava seduto ai piedi di una grossa quercia nodosa, circondato da uccellini. Aveva un'aria BUFFA, con le guance tonde, rosse come papaveri, e gli OCCHI azzurri vispi, da monello. Suonava un piccolo zufolo di LEGNO e sembrava non avere nessuna preoccupazione al mondo.

– Dickon! – esclamò Mary.

Non appena la vide, lui smise di zufolare.

– Buongiorno, Mary! Martha mi ha
parlato tanto di te! Ti aspettavo: ti
ho portato dei semi da piantare.
Aveva parlato come se la conoscesse da
sempre e la bambina ne fu così SORPRESA,
che non RESISTETTE. Lo guardò dritto in
viso e sussurrò: – Sai tenere un segreto?

Ho rubato
un giardino!

Dickon SGRANÒ gli occhi e
guardò Mary con curiosità.
C'era qualcosa di buono e gentile nel suo
sguardo: la bambina l'aveva notato subito.
Anche per questo sentiva che poteva fidarsi
di lui. Così sussurrò titubante: – Io... ho
rubato un giardino.
Il ragazzo SPALANCÒ la bocca, incredulo e
stupito allo stesso tempo.
– Cioè... non proprio 'rubato' – rettificò Mary.
– È un giardino abbandonato! Però io lo sto
curando, perché è tanto bello. E se vuoi darmi
questi semi, io li pianterò lì.

Dickon la guardò con sorpresa e simpatia.

– E dov'è questo giardino? – chiese.

Quando Mary lo fece entrare nel suo regno,
vide il nuovo amico ILLUMINARSI.

– Che meraviglia! – esclamò esterrefatto. – Mi
sembra di SOGNARE!

Mary sorrise compiaciuta, mentre Dickon
esaminava le piantine e i FIORI che stavano
crescendo grazie ai suoi sforzi. Era davvero
impressionato. – Brava! Hai strappato via
le erbacce, zappato e curato le piantine…
Neppure Ben avrebbe saputo fare di meglio!

– Beh, non è che abbia fatto moltissimo, in
verità – si schermì Mary, IMBARAZZATA.

– All'inizio mi STANCAVO subito a zappare,
però poi mi sono abituata.

Dickon esaminò alcuni roseti
con aria GRAVE. – Certo, c'è
ancora molto lavoro da fare…

– Ma tu mi aiuterai, vero? – lo pregò Mary, speranzosa. – Martha dice che sei tanto bravo!

Dickon sorrise con **calore**. – Ti aiuterò tutti i giorni, con il sole e con la pioggia! Verrò qui e ti aspetterò. E questo giardino diventerà il più *bello* di tutta la brughiera, anzi… di tutto il mondo!

– Però – precisò Mary, – lo lasceremo anche un po' selvatico… Così sarà speciale e **misterioso**…

– Giusto! – approvò Dickon. – Stai tranquilla: resterà **SPECIALE** e misterioso come ora.

Mary si fece cauta. – E non lo dirai mai a nessuno, vero?

– Non ci penso neanche! – assicurò lui. – Se tu fossi un pettirosso e questo fosse il tuo **NIDO**, credi che andrei in giro a spifferare dov'è la tua casa? No di certo!

I due, tutti **ECCITATI**, passarono la mattina a zappare, vangare e seminare. E più lavoravano, più erano **contenti** di stare insieme. Di tanto in tanto facevano una pausa e si scambiavano occhiate soddisfatte.

Mary era proprio felice: il segreto del giardino era al sicuro e, soprattutto, lei aveva trovato un amico **PREZIOSO!**

Avanti!

All'ora di PRANZO, Mary corse a casa trafelata. – Ho visto Dickon! Ho visto Dickon! – cinguettò, accaldata e con il vestitino tutto sporco di terra.

– Per l'amor del cielo, signorina, guardi come si è ridotta! – esclamò la cameriera, squadrandola da capo a piedi. – Ha incontrato Dickon, dice? E le è piaciuto?

Mary sorrise. – Sì, è tanto simpatico! Mi ha anche portato dei semi in regalo!

– Sono proprio contenta – commentò la ragazza. Poi si batté improvvisamente la fronte con la mano. – Oh, ma che sbadata! Quasi

dimenticavo: Lord Craven è tornato. E vuole vederla!

Mary SBIANCÒ. Forse lo zio aveva scoperto che era entrata nel giardino segreto e voleva punirla!

Provò a indagare. – Senti, Martha, secondo te dove posso piantare i semi che mi ha dato Dickon? In... in quale giardino, voglio dire...

Martha SCOPPIÒ a ridere. – Ma, signorina, può seminarli dove vuole! Che cosa c'è di male, a piantare FIORI??

La sua risata rassicurò Mary.

– Quindi – continuò la bimba, – se per esempio io volessi curare un giardino qualsiasi, lo potrei fare? Non è sbagliato?

– Ma certo che non lo è! – confermò Martha.

– Chi lo vieta? Ora si sbrighi, Lord Craven non ama aspettare! Domani riparte e non lo rivedremo fino all'INVERNO prossimo.

Mary non riuscì a trattenere un sorriso. Lord Craven sarebbe rimasto **LONTANO** per tutti quei mesi... C'era il tempo per far rivivere il giardino! Mentre era assorta in questi pensieri, la signora Medlock irruppe nella stanza. Sembrava inquieta e nervosa.

– Oh, come è spettinata! – la apostrofò. – Si metta subito in ordine, Lord Craven non ha tempo da perdere!

Mary si fece piccola piccola e poi, appena fu **PRONTA,** seguì la governante fino allo studio dello zio, in una parte della casa che non aveva mai visto. La signora Medlock bussò piano e...

– Avanti! – esclamò una voce cupa e imperiosa. Mary, **titubante**, entrò. Anche se era pieno giorno, lo studio era immerso nella semioscurità. L'unica luce che rischiarava la stanza era quella del camino, che si *RIVERBERAVA* tutto attorno.

Seduto alla scrivania c'era Lord Craven. Era molto **DIVERSO** da come Mary se l'era immaginato. Prima di tutto, non era **VECCHIO**. Poi non era cupo, come le aveva detto la signora Medlock. Però c'era qualcosa in lui che incuteva TIMORE.

– Avvicinati! – disse Lord Craven, rivolgendosi a Mary.

Lord Craven

La bimba si avvicinò, esitante, e sollevò lo sguardo sullo zio. Era un bell'uomo, ma dall'espressione malinconica. Sembrava a DISAGIO, come se non sapesse bene che cosa dirle.

– Può andare, signora Medlock – ordinò Lord Craven. La governante accennò un INCHINO e uscì con passo silenzioso.

– Allora – esordì infine, – stai bene qui?
Mary annuì.

– Però mi sembri magra – osservò Lord Craven.

– Da quando sono qui mangio volentieri e sto ingrassando – replicò la bimba, RIGIDA.

Lo zio si passò una mano sulla fronte, come a scacciare un pensiero. Sembrava così triste! Mary si sentì stringere il **cuore**.

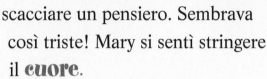

– Mi sono dimenticato di te – dichiarò lui. – Avrei dovuto prenderti una bambinaia, ma me ne sono completamente scordato.

Mary **sussulto**. Una bambinaia? Una bambinaia non le avrebbe mai permesso di lavorare in giardino tutto il **GIORNO!**

– La prego… – azzardò, – io… io non voglio una bambinaia. So stare da sola e mi comporto bene, davvero.

Lord Craven la osservò con curiosità. – Non vuoi una bambinaia? E che cosa fai da sola a Misselthwaite tutto il giorno?

La bimba si fece **CORAGGIO**. – Gioco in giardino, salto con la **CORDA**. Magari… –

esitò, – magari potrei piantare dei fiori. Sono
belli i fiori!
– Piantare FIORI?? – ripeté lo zio, stupito.
– Oh, sì! – insistette Mary. – Se potessi avere
un pezzettino di terra tutto mio, ci pianterei
dei semi, lo curerei e ci farei crescere tanti
fiori e piante!
La bocca SOTTILE di Lord Craven si
piegò in un sorriso **amaro**. – Mi
ricordi qualcuno che amava i fiori
quanto te, sai? Le rose, soprattutto…
Puoi avere tutta la terra che desideri –
acconsentì, accompagnando la risposta con un
cenno della testa.
Mary **ARROSSÌ**. – La ringrazio, signore. Posso
andare adesso?
Invece di risponderle, Lord Craven chiamò
la signora Medlock con il campanello.
– Permettete alla bambina di stare in giardino

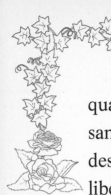

quanto vuole. Datele da MANGIARE cibi sani e lasciatela pure libera di andare dove desidera. Ha bisogno di molta aria e molta libertà! È tutto.

La governante sembrò sollevata: almeno non avrebbe dovuto badare troppo alla bambina! Quanto a Mary, si precipitò subito nel giardino segreto. Dickon però non c'era più. In compenso, affisso a un ARBUSTO di rose, pendeva un pezzetto di carta.

Quella sera, quando Mary tornò a **CASA** per
cena, mostrò il disegno a Martha.
– Non immaginavo che mio fratello fosse
tanto bravo! Il tordo che ha disegnato sembra
vero! – disse, orgogliosa, la domestica.
La bambina si addormentò felice, certa che
l'indomani avrebbe rivisto il suo amico.

Pioggia, pioggia
e ancora pioggia!

Quella **notte** una pioggia torrenziale
si rovesciò su Misselthwaite,
ticchettando **VIOLENTEMENTE** contro i
vetri e scrosciando lungo le grondaie.
Mary si svegliò di **soprassalto**.
– Oh, no! – sbuffò. – Se continua a piovere
così, domani non potrò uscire!
Per tutta risposta, una scarica di goccioloni si
abbatté sulla sua finestra!
Più Mary s'indispettiva, più il **vento** soffiava
e ululava cupo, sconquassando la notte scura.

UUUUUH UUUUUUUUUUUUH

La piccola rimase sveglia per più di un'ora, rigirandosi nel letto. Quand'ecco che un altro suono si mischiò al furioso mugghiare della **tempesta**.

SIGH! SIGH!

Mary TRASALÌ. Di nuovo quel lamento! Questa volta doveva assolutamente scoprire di chi fosse e da dove venisse. Risoluta, prese la candela dal comodino e quatta quatta uscì dalla sua camera. Il lungo corridoio era tutto **buio**, ma lei era troppo eccitata per avere paura.

Cercando di non fare il minimo rumore, scivolò silenziosa tra i corridoi di tutto il piano, guidata dalla fioca luce della candela. Ricordava bene la strada: ecco la svolta a sinistra, poi su per due scalini, poi a destra, fino a raggiungere il passaggio segreto nella tappezzeria!

Mary lo aprì piano e si ritrovò nel corridoietto che aveva intravisto la volta prima.

Il PIANTO si fece molto più vicino e distinto. Qualche passo ancora ed ecco una PORTA sulla sinistra. Tremando per l'emozione e la paura, Mary la aprì.

Sei un fantasma?

La porta conduceva in una stanza immersa nell'oscurità. Mary strizzò gli occhi e allungò in avanti la mano che reggeva la candela.

Si trovava in una grande camera, arredata con mobili antichi. C'era un **ENORME** letto a baldacchino, tutto drappeggiato. La finestra era completamente coperta da una tenda **pesante** e spessa.

Accanto al letto c'erano uno sgabello e un comodino, pieno di flaconi e flaconcini, e sopra... Mary sussultò... Sopra il letto c'era un **bambino** così pallido e magro, che

pareva convalescente da una
qualche malattia.
Singhiozzava e si
stropicciava gli occhi con le
piccole mani *delicate*.
Per un momento la bambina
credette di sognare.
Cercando di non tremare troppo, Mary mosse
un passo incerto: solo allora la luce della sua
candela attirò l'attenzione del bambino, che
sobbalzò per lo **SPAVENTO**.
– Chi sei? – sussurrò, cercando di distinguere
la sagoma immersa nel `buio`. – S-s-sei forse
un *FANTASMA?*
Nonostante il timore, Mary non poté fare
a meno di *sorridere*. – Ma no, non sono
un fantasma! Sono una bambina – replicò,
avvicinandosi un po' di più. – Mi chiamo
Mary, Mary Lennox. Tu chi sei?

Da vicino il bimbo sembrava ancora più GRACILE e pallido.

– Sono Colin – rispose, asciugandosi le lacrime, per osservare meglio la piccola intrusa. – Colin Craven. Lord Craven è mio padre.

Mary quasi fece **CADERE** la candela per la sorpresa. – Tuo padre?! – ripeté. – Lord Craven è mio zio. Nessuno mi ha mai detto che avesse un figlio! Perché non mi hanno avvertita?

Colin fece sPaLLuCCe. – Oh, papà desidera che nessuno mi veda. E comunque io non voglio vedere nessuno! Non voglio uscire, perché sono *MOLTO* malato.

– Davvero?! – sussultò Mary. – In effetti sei un po' PALLIDO, ma malato non saprei... Chi te l'ha detto?

– Tutti lo dicono – insistette Colin. – Il

dottore, l'infermiera, la signora Medlock…
Tutti dicono che sono malato ed è per questo
che sto sempre a letto!
Mary batté le palpebre, CONFUSA.

– Vieni più vicino – la esortò Colin, facendole
segno di sedersi sullo sgabello accanto a
lui. – Sei proprio sicura di non essere un
fantasma? – chiese ancora timoroso.

– Ti dico che sono viva e vegeta – sbottò la
bimba spazientita. – Senti la mia mano!
E così dicendo gli toccò un braccio, esile e
sottile come un giunco.

I **grandi** occhi grigi di Colin si fecero ancora
più grandi per la meraviglia. – Una bambina
vera… – sussurrò, con sguardo assorto. A
parte il medico, la governante e pochi altri del
personale di servizio, nessuno era **MAI** entrato
in quella stanza, tanto meno una bambina!
Mary ritrasse la mano. – Ma perché PIANGI

la notte? – gli chiese. – Ti sento, sai?

– Perché mi fa **male** la testa. E poi perché mi annoio. E sono malato e devo stare sempre a letto. E papà non mi vuole bene.

Mary lo squadrò con *diffidenza*. – Ma certo che ti vuole bene! Sei suo figlio!

– Sì – convenne Colin, – ma somiglio troppo alla mamma e quindi lui non vuole vedermi per nessuna ragione!

E ricominciò a piagnucolare.

Mary gli prese la mano. Quel bimbo sembrava proprio *capriccioso*, ma non doveva essere facile starsene a letto tutto il giorno senza fare niente...

– Dai, non piangere di nuovo, adesso... Vuoi che vada via? Forse ti **ANNOIO** anch'io?

– No! – la fermò lui, accorato. – Resta qui.

Sei un fantasma?

Non parlo mai con NESSUNO... Raccontami
qualcosa! Voglio sentire la tua storia.
Mary acconsentì. In fondo faceva piacere
anche a lei avere un po' di compagnia, in
quella notte tempestosa e SCURA. Così si
mise a raccontare.

Sssh...

Mary parlò a Colin dell'INDIA, del lungo viaggio che aveva fatto per arrivare a Misselthwaite e di tante altre cose... di tutto ciò che le veniva in mente!

Dopo un po' che discorrevano, il piccolo malato cominciò a farle tanta tenerezza.

Lei conosceva bene i capricci che si fanno solo per attirare l'attenzione: li conosceva perché lei stessa ne aveva fatti tanti! E capì anche che Colin doveva **soffrire** di solitudine, perché a un certo punto il bambino le chiese: – Senti, ma che cosa fai qui tutto il GIORNO? Stai sempre in casa anche tu?

Mary inorridì. – In casa tutto il giorno?!
Nooo! Vado in giardino, corro, SALTO, curo le
piante, zappo e semino anche!
Colin sgranò gli OCCHIONI. – In
giardino... Quale giardino?
– Un giardino segre... – Mary si tappò la
bocca, ma era troppo tardi!
Colin la incalzò. – Un giardino *segreto*?
Questo volevi dire? Dove? Dove?!
La bimba SOSPIRÒ. Ormai aveva combinato
il guaio! Non conosceva abbastanza Colin per
Pidarsi di lui, ma, dato che non parlava
mai con nessuno, non avrebbe potuto di certo
TRADIRE il suo segreto.
– Se vuoi, te lo dico, ma DEVI promettere
che non lo svelerai mai a nessuno! – disse.
Colin si accigliò. – Non mi piace quando mi
impongono che cosa fare. Però, se mi dici
proprio tutto, farò un'eccezione!

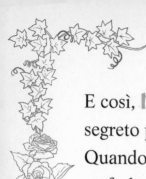

E così, **rassegnata**, Mary svelò il suo segreto per la seconda volta.

Quando seppe la storia del giardino, Colin ne fu letteralmente rapito. Sorpreso ed emozionato, **tempestò** Mary con domande di ogni genere. Com'era? Ci andava spesso? Davvero era il preferito di sua madre? E dov'era ora la chiave? Chi la teneva?

– Ci voglio andare anch'io! – sentenziò infine.

Mary **SCOSSE** la testa, allarmata. – Ma non si può! La signora Medlock non lo permetterà **MAI!** E poi non hai detto che non vuoi uscire?

Colin rifletté per un po', prima di rispondere.

– Posso sempre obbligare la signora Medlock a farlo riaprire. Sono il figlio del padrone, io!

Non l'avesse mai detto! Mary s'**INCUPÌ** immediatamente.

– Non ci provare neanche! – intimò. – Quel giardino è mio adesso, sto facendo tanta

fatica per curarlo e non voglio che lo riaprano! Me lo **DISTRUGGEREBBERO** sicuramente!

Colin era STUPEFATTO: non era abituato a essere contraddetto. E, soprattutto, di solito era lui a strepitare! Intimidito, cercò di rimediare.

– Va... va bene – si arrese. – Come vuoi tu. Però un giorno mi ci porterai, vero? Mi piacerebbe tanto!

Lo sguardo di Mary si addolcì. – Questo sì. Ora dormi però, è tardissimo.

Ma Colin esitava a chiudere gli occhi.

– Mary... – disse con voce supplichevole. – Mi prometti che tornerai a trovarmi domattina?

La bimba gli sorrise e con sincerità gli rispose: – Certo, Colin. Tornerò domani e ogni volta che potrò. Te lo PROMETTO.

Sssh...

Allora il viso del ragazzino si rasserenò e lui chiuse finalmente gli occhi.

Mary intonò una dolce ninnananna indiana, che la sua bambinaia le cantava quando era piccina. Poi, quando il **RESPIRO** di Colin si fece calmo e regolare, riprese la candela e uscì, senza fare **RUMORE**.

Troppe medicine
e troppi vizi!

La pioggia continuò a imperversare su Misselthwaite per tutto il giorno. Immersa nella NEBBIA, la brughiera sembrava un enorme nuvolone grigio.

Seduta accanto al camino con Martha che cuciva, Mary decise di raccontarle quello che era successo la notte precedente. Si fidava di lei e poi BRUCIAVA dalla curiosità di sapere qualcosa di più su Colin.

– Stanotte ho visto il bambino che PIANGE – rivelò secca, SBIRCIANDO di sottecchi l'espressione della cameriera.

Martha avvampò. – Cosa?! Chi? Quale bambino?

– Colin Craven – precisò Mary, con tono pacato, – mio cugino. Ho seguito il pianto fino alla sua camera e così ci siamo conosciuti.

– Oh cielo, oh cielo! – esclamò Martha, strapazzando un lembo del grembiule, tutta agitata. – Mi licenzieranno! Penseranno che ce l'ho mandata io e… Oh, povera me!

Mary alzò gli occhi al cielo. – Non ti licenzieranno affatto! L'ho trovato io da sola. E poi mi ha chiesto di ritornare da lui. Può vedermi quando vuole: è il figlio del padrone!

Questa notizia SCONVOLSE la povera Martha ancora di più della precedente. Balzò in piedi, spaventata, e tutti i rocchetti di filo che aveva in grembo rotolarono a terra.

– Vuole rivederla? Colin?! – esclamò sbalordita. – Ma come, non l'ha scacciata dalla sua camera, gridando e STREPITANDO?

– Niente affatto – replicò la bimba, compiaciuta. – Abbiamo... abbiamo fatto amicizia, credo. Sono rimasta con lui per un po' e alla fine gli ho anche cantato una ninnananna. Martha era senza **parole**. – È entrata nella gabbia del leone, signorina. Quel bambino è una **FURIA!**

– Ma è vero che è malato? Che cos'ha? – incalzò Mary.

La cameriera sospirò. – Mah... nessuno lo sa di preciso. Gli danno un sacco di medicine, perché piange, si lamenta sempre e dice che ha male. Ma, detto tra noi, secondo me è solo molto viziato e molto capriccioso. Troppe medicine e troppi vizi fanno male, sa?

– Sì, l'ho pensato anch'io – rifletté Mary. – Perché, a vederlo così, non sembra malato. È tanto magro e PALLIDO... ma per forza! A furia di stare a letto tutto il giorno...

La bimba fissò il FUOCO che scoppiettava nel

caminetto. – Certo, se Colin potesse stare un po' in giardino con me... – azzardò, – gli farebbe bene. Non credi anche tu, Martha?

– Certamente – confermò la cameriera. – Ma lui non vuole mai uscire. Dice che...

DLIN DLIN DLIN

Un campanello richiamò la cameriera all'**ORDINE**. Veniva proprio dalla camera di Colin!

– È lui! – sospirò la ragazza. – Speriamo bene!

Martha non fece neanche in tempo a uscire, che subito rientrò, con un'espressione **SBIGOTTITA** sul volto.

– Il signorino Colin desidera vederla, signorina Mary – disse, con una certa *solennità*. – E non vuole che nessuno lo sappia. Tanto meno la signora Medlock.

E così Mary passò un altro giorno dal piccolo

malato, senza che NESSUNO, a parte Martha, lo venisse a sapere. Questa volta gli raccontò anche di Dickon, del pettirosso e di Ben. Chiacchierarono tanto, che le ore volarono e Colin, per la prima volta in vita sua, dimenticò di essere malato.

Almeno finché qualcuno all'IMPROVVISO non spalancò la porta...

Un piccolo
guerriero

Il dottore, che era cugino di Lord Craven, puntò il dito contro Colin e Mary, con espressione INCREDULA.

– Chi è questa bambina?! – chiese, stupefatto.

– Che cosa ci fa qui?

A quelle parole, la signora Medlock accorse tanto precipitosamente, che andò a sbattere proprio contro di lui!

– Oh, povera me! – strillò la governante, in preda al panico.

– Questa è mia cugina Mary – la FREDDÒ Colin, calmo. – Le ho detto io di venire, perché mi è simpatica.

Il dottor Craven lanciò un'occhiataccia di
RIMPROVERO alla signora Medlock.

– Io non ne sapevo nulla, dottore! – si giustifi-
cò la donna. – Ah, ma vedrà che non succederà più, parola mia, dottore! Non...

– Succederà ancora invece! – intervenne Colin, *AGGUERRITO*. – Mary verrà qui tutte
le volte che vorrò. Sono stufo di sentir parlare
di malattie! Con lei mi sento meglio e sono
contento. Anzi, portate qui anche la sua
cena, perché ho deciso che stasera
MANGEREMO insieme!

La governante, ALLIBITA, obbedì.

Il dottore, che non sembrava
apprezzare tutta quella faccenda,
tastò il polso di Colin e gli fece
mille raccomandazioni: – Non agi-
tarti **troppo**, non parlare troppo,
non stancarti troppo...

123

Fece un elenco così lungo di divieti e di permessi, che Mary a un certo punto perse il filo. Quando il dottore se ne fu andato, la cameriera portò la cena ai bambini.

– Di solito non ho **fame** – spiegò Colin. – Ma oggi che ci sei tu, ho proprio appetito! Che *buona* questa minestra, vero? Ti prego, Mary, parlami ancora dei principi indiani. E anche di Dickon!

Mary sorrise. Altro che malato! Quando voleva, Colin era un piccolo guerriero!

Incantesimi
di primavera

*L*a PIOGGIA fu incessante per ben sette giorni. Sette giorni senza vedere Dickon e il giardino segreto!

Eppure Mary non si annoiò: passò quasi tutto il tempo con Colin e, anche se restare chiusi in una stanza per l'intera giornata non è come stare all'APERTO, loro si divertirono lo stesso un mondo.

Persino la signora Medlock, alla fine, dovette ammettere che la presenza di Mary faceva bene a Colin. Qualche volta addirittura non pareva neppure malato, anche se restava comunque troppo PALLIDO.

Il primo giorno di sole, Mary si svegliò prestissimo. Spalancò la finestra e subito un'ondata di aria fresca invase la camera. Sembrava che durante la notte un mago avesse sorvolato la brughiera, trasformando tutto ciò che era bagnato e grigio in una festa di mille colori.

La bimba aveva una gran voglia di correre in giardino! Chissà com'erano cresciute le sue piantine con tutta quell'acqua! E chissà se Dickon la stava già aspettando!

Così si lavò, si vestì in tutta FRETTA e si precipitò fuori!

Quando giunse davanti alla porticina del giardino segreto, Mary notò subito qualcosa di strano: appollaiato sul muro c'era un GROSSO corvo nero dalle penne lucide, che gracchiava e la FISSAVA muovendo il capo.

Mary non ne aveva mai visto uno così da vicino e ne fu un po' **SPAVENTATA**.

D'un tratto il corvo spiccò il volo e scomparve oltre il muro.

La bimba entrò di soppiatto nel giardino. Quale fu la sua sorpresa, quando vide Dickon comodamente seduto ai piedi di un melo, con una volpe **rossiccia** in grembo, due scoiattoli sulle ginocchia e il corvo (proprio lui!) appollaiato su una spalla!

Mary corse a salutarlo, raggiante.

– Dickon! Dickon! Sei già qui!

L'amico si alzò e la accolse a braccia aperte, con un gran sorriso. – Sì! Non vedevo l'ora di tornare, dopo tutta quella pioggia!

Poi le presentò i suoi piccoli amici. – Questa è la mia volpe, si chiama Rossa. Lui invece è il corvo, Carbone. E i due scoiattolini si chiamano Noce e Guscio.

Alla bambina sembrava di non vedere quel giardino da secoli! – E il pettirosso? – si ricordò Mary IMPROVVISAMENTE.

Dickon le indicò la chioma di un melo. In un incavo tra due RAMI c'era un mezzo nido, ancora in costruzione.

– Ooohhh! – Mary batté le mani, incredula.

– Ha fatto il NIDO!

– Già! – confermò Dickon, con gli occhi che brillavano. – Ha trovato una compagna. E presto avranno tanti piccoli. Sentirai che pigolio, quando si schiuderanno le uova!

Mary si guardò attorno commossa. Erano cambiate così tante cose dall'ultima volta!

Le rose erano sbocciate ovunque. Ma non solo loro: anche i crochi viola, i narcisi, le ginestre profumate…

La bimba piroettò felice tra un roseto e l'altro e si chinò a baciare alcuni boccioli.

– Come siete belli! – esclamò. – E quanto siete profumati!

Si sentiva scoppiare dalla GIOIA: ogni volta che notava una nuova pianta far capolino dalla terra scura, lanciava gridolini deliziati! E festeggiava con un girotondo assieme al suo amico Dickon.

Poi i due si misero a lavorare di gran lena. Mentre strappavano ciuffi di **erbacce**, Mary si ricordò improvvisamente di Colin. In fondo anche lui era come un FIORE soffocato, che aveva bisogno di rinascere!

– Ho una novità da raccontarti – disse all'amico. – Tu sai chi è Colin? Colin Craven?

Dickon smise di lavorare e annuì, con grande SORPRESA di Mary. – Certo. È il figlio di Lord Craven. Mi hanno detto che è malato.

– Secondo me non è malato – replicò
Mary. E gli raccontò di come l'aveva conosciu-
to, che cosa si erano detti e anche del dottore.
– Tu che cosa ne pensi? – chiese infine.
Dickon soppesò la risposta. – Bisogna avere
fiducia nei dottori, però… credo che Colin
dovrebbe venire qui nel GIARDINO, invece di
pensare alle malattie.
Mary s'ILLUMINÒ. – Sì. È proprio quello
che penso anch'io!

Egoista!

A volte, quando ogni cosa sembra andare per il meglio, arriva una BRUTTA sorpresa. Infatti quella sera, appena Mary rientrò a casa, Martha le CORSE incontro: non era per niente di buonumore!

– Dov'è stata tutto il GIORNO, signorina? – domandò. – Colin è fuori di sé! Ha continuato a chiedere di lei e a fare un sacco di capricci, perché lei non arrivava!

La bimba mantenne la calma. Le piaceva stare con Colin, ma lui non poteva certo decidere della sua vita. Neanche per SOGNO! Lei aveva un giardino da curare e poi non aveva alcuna intenzione di perdersi quelle belle giornate di sole, stando chiusa in casa!

Indispettita, cenò con tutta tranquillità e, solo quando ebbe finito, andò con calma nella camera del cugino.

Quello che vide non le piacque affatto.

Colin era a letto, il viso stravolto e gonfio dal pianto. I suoi GIOCATTOLI e i libri erano stati scaraventati per tutta la stanza e anche le medicine erano sparpagliate per terra.

Quando Mary si avvicinò al letto, il ragazzino si voltò dall'altra parte e non la salutò neppure. Proprio un pessimo inizio!

– Ciao Colin, sono io – lo salutò Mary, con studiata FREDDEZZA.

Il bambino ebbe un lieve tremito, ma continuò a non guardarla. – Dove sei stata oggi?

– Ho lavorato nel GIARDINO! – rispose Mary.

– Io e Dickon abbiamo fatto un sacco di
lavoro e poi…

– Non m'interessa che cosa fai con Dickon – la
interruppe lui, brusco. – Quando ti chiamo,
tu devi venire subito!

Mary si fece PAONAZZA. – Ma chi ti credi di
essere? Io posso fare quello che voglio e, se mi
va di stare tutto il giorno in giardino, ci sto!

Il corpicino di Colin fu scosso dai singhiozzi.

– Allora se preferisci stare con Dickon –
mugolò, – io gli vieterò di mettere piede
a Misselthwaite. E ordinerò alla signora
Medlock di portarti qui tutti i giorni, che tu lo
voglia o no!

– E va bene, principino! – sbottò Mary,
esasperata. – Puoi anche obbligarmi a venire
qui, ma me ne starò tutto il tempo zitta e non
ti vorrò più bene. Contento?

Finalmente Colin si voltò verso di lei e, livido in volto, strillò: – Sei un'egoista!
– E tu forse non lo sei? – ribatté la bimba, con gli occhi che lanciavano LAMPI. – Ero venuta per raccontarti del giardino, ma sai che cosa ti dico? Non verrò mai più qui, mai più!
E uscì, sbattendo rabbiosamente la porta.
Umiliato, Colin affondò la testa nel cuscino e chiuse gli occhi, mentre due grossi lacrimoni gli rigavano le guance.

La crisi di Colin

Mary fece ritorno in camera sua infastidita e contrariata. Ma quando aprì la porta, il MALUMORE si trasformò in viva curiosità.

Martha infatti la aspettava con una cassetta di LEGNO in mano. – L'ha mandata Lord Craven per lei! – annunciò.

Mary sorrise, scoperchiando la cassetta con cautela. Dentro c'erano libri illustrati di fiori, piante e giardini. C'era anche una cartellina con alcuni fogli, una penna dorata e un bel calamaio. Un dono bellissimo! Sapere che suo zio aveva pensato a lei le riempì il **cuore** di riconoscenza e la fece sentire importante.

– Ora gli scrivo una lettera con questi bei fogli e la penna *nuova* – decise. – Lo voglio ringraziare. Io so scrivere abbastanza bene, sai Martha?

E così fece. Più *scriveva*, più la stizza che le aveva provocato il litigio con Colin mutava in un sentimento di pentimento e tenerezza. Arrivò alla conclusione che Colin non fosse **CATTIVO**: solo non era abituato ad avere a che fare con gli altri e usava i capricci per esprimere le sue **EMOZIONI**.

Non voleva davvero vietare a Dickon di giocare con lei, o costringerla ad andare a trovarlo: a suo modo, il ragazzino aveva cercato di dirle che aveva bisogno di lei e che sentiva la sua mancanza! Col tempo Colin avrebbe imparato che con la *dolcezza* e le

premure si ottiene **MOLTO** di più che con
i capricci. Dopotutto, anche Mary ci aveva
messo un po' a capirlo!
Rincuorata da questo pensiero, decise di
tornare da Colin quella sera stessa. Lo trovò in
uno stato pietoso.
Il ragazzino strillava e strepitava come
non mai e scaraventava addosso
all'infermiera qualsiasi cosa gli
capitasse a tiro. La povera
donna non osava avvicinarsi,
ma Mary non aveva **PAURA**
di Colin e corse da lui.
– **SMETTILA!** – gli ordinò.
– Basta, Colin, calmati!
– Non… r-riesco… a… sm… smettere –
singhiozzò lui, **MULINANDO** le braccia
freneticamente e gettando a terra coperte e
cuscini. – Mi… mi f-fa male la schiena…

Mary lo *STRATTONÒ* e lo costrinse a
sdraiarsi a pancia in giù. E, sotto lo sguardo
sconvolto dell'infermiera, gli scoprì la schiena.
– Ecco, è come pensavo! Non hai proprio
niente alla **SCHIENA!** – gridò. – Ti si vedono le
ossa, perché sei troppo magro, ma nient'altro!
– Ma certo che non ha niente – intervenne
l'infermiera, parlando a Mary. – Come gli
è venuta in mente un'idea simile? È a letto
perché è molto DEBOLE, anche se adesso
proprio non si direbbe, però non ha una
malattia **GRAVE!**
Colin era paralizzato per la SORPRESA.
Aveva passato giorni, mesi, *anni* a pensare alla
sua malattia. Non gli era mai venuto in mente
di poter essere sano!
– Davvero? – sussurrò, con un filo di voce.
L'infermiera **SOSPIRÒ**. – Ma sicuro! Anzi,
se si decidesse a prendere un po' d'aria,

signorino, si rimetterebbe in forze. Ci vorrà un po' di tempo, ma…

– Visto?! – esultò Mary, GIOIOSA.

Il bimbo si accasciò sul letto, esausto, ma con una luce nuova negli occhi.

– Verrò con te al giardino, Mary – bisbigliò.

– Verrò con te e Dickon e… guarirò e diventerò **grande** e forte!

Chi l'avrebbe detto!

*L*a brutta crisi di Colin per fortuna passò, lasciandogli nel cuore la speranza di crescere forte e felice.

Il mattino successivo Martha annunciò a Mary che Colin la pregava di raggiungerlo in camera sua, per un saluto.

– Ha detto proprio 'dille che *la prego*' e ha aggiunto *'per favore'*! – puntualizzò, impressionata. – Non è mai successo!

Mary sorrise e si *AFFRETTÒ* a raggiungere il cugino. Era più pallido del solito e aveva gli occhi INFOSSATI, ma quando vide Mary il suo faccino si rasserenò.

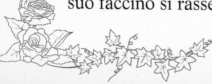

– Grazie per essere venuta – le disse. – Sono
STANCO e mi fa male dappertutto. Tu… –
esitò. Poi sbirciò fuori dalla finestra e vide che
c'era il sole. – … Tu esci?
Mary annuì. – Ma solo per andare al nostro
giardino – precisò. – Tornerò presto!
– Allora ti aspetto. E salutami tanto Dickon e
gli ANIMALI!
Cinque minuti dopo, Mary era già
nel giardino segreto, che ogni giorno diventava più bello e rigoglioso.
Era come se di notte una fata con
un tocco di bacchetta magica facesse
crescere ogni pianta.
All'ora di PRANZO, quando Mary tornò da
Colin, lui la accolse annusando l'aria, proprio
come faceva Dickon quando sentiva che il
tempo stava per cambiare.
– Profumi di fresco e di FIORI! – esclamò.

– Mi porti la primavera in camera! – E si mise a ridere per la **contentezza**.

Proprio in quel momento la signora Medlock passò nel corridoio e, udendo quella risata argentina, non poté fare a meno di fermarsi a origliare alla **PORTA**.

Chi l'avrebbe detto: Colin rideva!

Un passo dopo l'altro

Quante cose stavano cambiando nella tenuta di Misselthwaite!

Il pettirosso e la sua compagna avevano ultimato la costruzione del loro **NIDO**. Erano pronti per covare le uova!

Colin, proprio come il giardino segreto, piano piano si **RISVEGLIAVA** dal torpore della malattia e aveva sempre più voglia di uscire, seppure in carrozzina, visto che aveva le gambe ancora DEBOLI…

Per tanto tempo aveva creduto di non poter **CAMMINARE**: le poche volte che aveva tentato (da solo, visto che si vergo-

gnava e non voleva CADERE davanti agli altri) si era afflosciato a terra.

In realtà Colin non aveva nessuna malattia alle gambe; semplicemente, a furia di stare a letto, i suoi muscoli si erano indeboliti e non erano più abituati al *MOVIMENTO*.

Prima di conoscere Mary, il ragazzino non aveva mai neppure pensato di usare la carrozzina. Ma prima di conoscere Mary, Colin non aveva pensato a tante di quelle cose, che per elencarle tutte non basterebbe questo libro!

– Non ti ho raccontato della **grande** novità! – gli disse Mary un mattino di sole.

– Dickon ha un cavallino!

I grandi occhi grigi di Colin divennero enormi per la meraviglia. – Un cavallo?!

– È bellissimo! Ha il pelo ambrato, con una

folta criniera ondulata. Quando l'ha trovato,
pascolava nella brughiera. Dickon è stato così
BRAVO, da riuscire ad addomesticarlo!

Mary strinse la mano di Colin. Chissà, forse un
GIORNO anche lui sarebbe potuto andare
a cavallo per la brughiera!

Avrebbe potuto fare QUALSIASI cosa, se solo
avesse voluto.

E lei lo avrebbe certamente aiutato.

La mia cura sei tu!

Quando il dottor Craven tornò a visitare Colin, trovò la signora Medlock a dir poco esagitata.

– Ah, vedrà dottore, vedrà! E quando avrà visto, non crederà ai suoi occhi! – continuava a ripetere, sospingendolo concitata verso la camera del ragazzino.

L'infermiera sembrava ancora più confusa della governante. – Ah, non può capire, dottore, non può capire!

– Ma che cosa?! – chiedeva lui sballottato come un pupazzo per i corridoi.

Eppure, nonostante le avvisaglie, la scena che

gli si presentò davanti, quando entrò in camera di Colin, lo lasciò del tutto **SBALORDITO**.

La tenda era stata scostata, la finestra era **APERTA** e il sole inondava la stanza.

Sul davanzale della finestra si erano posati alcuni uccellini: beccavano gli avanzi della merenda, che Mary aveva posato lì per loro.

Colin, in vestaglia, era seduto sul sofà, sorridente, le guance rosse (non per la **FEBBRE**, ma per la felicità!) e gli occhi sereni e luminosi.

Non solo: mangiava di gusto una grossa ciambella e sorseggiava una tazza di tè.

A vederlo così allegro e **VIVACE**, nessuno avrebbe pensato che fosse malato.

– È un miracolo, dottore, un miracolo! – sussurrò la signora Medlock. – Doveva vederlo l'altra notte, che **FURIA!** Ma è bastato che quella bambina intervenisse, per farlo diventare un agnellino! Non so proprio come abbia fatto…

– È soltanto perché Mary non mi considera un **malato!** – intervenne Colin, che aveva sentito tutto. – E se proprio vuole saperlo, dottore, d'ora in poi non voglio **PIÙ** medicine. Niente più cure!

Poi il ragazzino guardò riconoscente Mary, che gli sorrideva **ORGOGLIOSA**. – La mia cura sei tu!

Tutti si aspettavano che il dottor Craven si opponesse con fermezza a questa scelta. Invece non solo non contraddisse il piccolo paziente, ma... – Sono **felice** che tu abbia preso questa decisione, Colin – dichiarò, annuendo compiaciuto. – È tanto che aspettavo questo momento! Ma sapevo che, se te lo avessi consigliato io, avresti fatto il contrario per capriccio e saresti stato peggio!

Colin era senza **parole**. L'infermiera, il dottore, tutti lo avevano assecondato per paura che si **agitasse** troppo. Davvero era stato così insopportabile, in tutti quegli anni?

Non sapeva se ridere o PIANGERE. Così, mentre il dottore si congedava, si limitò a dire:

– Grazie…

La `vera` cura era iniziata.

Sei ospiti...
stravaganti!

olin non vedeva l'ora di conoscere Dickon. Così quella stessa sera annunciò, con tono ASCIUTTO: – Domattina verranno a trovarmi un ragazzo, una volpe, un corvo e due scoiattoli. Sono tutti miei ospiti. Fateli entrare, per piacere.

L'infermiera, sbigottita, TOSSICCHIÒ per lo stupore. – Ehm... s-sì, s-signorino – balbettò.

Invece poco mancò che la signora Medlock perdesse i sensi. – Ma... signorino! Questa camera non può ospitare ANIMALI!

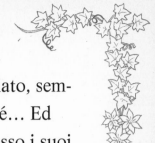

In pochi giorni Colin era tanto cambiato, sembrava più grande, calmo e sicuro di sé… Ed era avvenuto tutto così in fretta! Adesso i suoi **ORDINI** non erano più scambiati per capricci. Perciò, quando rispose: – Questa è la mia camera e loro sono miei ospiti – nessuno replicò.

Dunque, il mattino dopo, una **stravagante** comitiva si presentò al suo cospetto.

Dickon guidava il gruppo, con Carbone sulla spalla sinistra, Guscio e Noce che lo precedevano a grandi balzi e Rossa che lo seguiva a **RUOTA**… C'era anche un agnellino! Era soffice e **bianco** e se ne stava acciambellato tra le braccia del ragazzo.

Dickon, che non era abituato agli ambienti così *eleganti*, cercò di camminare per i corridoi in punta di piedi. Ma i suoi scarponi erano talmente pesanti, che **rimbombavano** per tutto il corridoio!

TUMF TUMF TUMF

La signora Medlock si tappò la bocca con tutte e due le mani per non fare commenti e osservò quella bizzarra combriccola salire le scale con un'espressione di autentico orrore.

BESTIE selvatiche e un contadinotto! Per i sontuosi corridoi di Misselthwaite non si era mai visto nulla del genere!

Colin sentì i passi di Dickon avvicinarsi alla sua stanza e strinse le mani di Mary, trattenendo il *RESPIRO* per l'emozione. Quanto aveva aspettato quel momento!

Finalmente la porta si aprì e l'infermiera, imbarazzatissima, annunciò timidamente l'arrivo degli ospiti. – Signorino Colin… ehm… Dickon è qui con… il suo corteo.

Mary soffocò una risatina.

Dickon fece il suo ingresso con un caldo e

amabile sorriso, reggendo il tenero agnellino tra le braccia.

Colin si sentì sopraffatto dall'emozione e dallo STUPORE. Era talmente strano avere tanti amici attorno ed era così strabiliante vedere la sua austera camera piena di vita, che avrebbe voluto abbracciare tutti quanti… persino la signora Medlock!

Dickon, dal canto suo, non era per niente INTIMORITO. Anzi! – Non vedevo l'ora di incontrarti, sai? – confidò al nuovo amico.

Poi, con **semplicità**, gli mise il soffice agnellino a fianco e gli porse un biberon pieno di latte.

– Tieni! – lo esortò. – Dagli da MANGIARE! È ancora tanto piccino e deve crescere!

Colin, titubante, infilò il beccuccio del biberon tra le labbra dell'agnellino e, mentre il cucciolo succhiava avidamente, fu invaso da *dolcezza* e serenità. Iniziò ad accarezzare il dorso candido del suo nuovo, piccolo amico e si sentì la persona più IMPORTANTE del mondo.

– Presto verrai con noi in giardino – gli sussurrò Dickon, facendogli l'OCCHIOLINO.

Colin annuì con vigore. – Verrò! Verrò!

– Molto presto – aggiunse Mary.

Ma fu un po' troppo ottimista…

Grandi novità a Misselthwaite!

I tre **amici** aspettarono più di una settimana prima di poter andare insieme al giardino. Infatti Colin si buscò un brutto raffreddore. Per **FORTUNA** Mary e Dickon andarono a trovarlo tutti i giorni, per portargli le notizie dalla brughiera.

Quante novità! Per Colin era come scoprire, tutto d'un tratto, un **NUOVO** mondo.

Un mattino il capogiardiniere ricevette una strana chiamata: il signorino Craven in persona desiderava vederlo. Il signor Roach aveva udito tante **CHIACCHIERE** sul figlio del padrone: dicevano che era un piccolo tiranno

viziato, che era malato e stava tutto il giorno a letto. Quindi non c'è da stupirsi se, quando arrivò in camera di Colin, credette di avere **sbagliato** stanza.

Davanti a lui infatti c'era un bambino normalissimo, sorridente e tranquillo, circondato da... **BESTIOLE** selvatiche! Con lui c'erano anche Dickon e la bimba venuta dall'India.

– Buongiorno, signor Roach – lo salutò Colin. – Devo darle degli **ORDINI** *importantissimi*: domani uscirò in carrozzina.

Il signor Roach fece enormi sforzi per rimanere imperturbabile.

– E se andrà tutto bene – aggiunse il bimbo, – potrei decidere di uscire ogni giorno. Ma non voglio incontrare nessuno, per cui dica ai giardinieri di stare **LONTANI**.

Poi sussurrò all'orecchio di Mary: – Come dicono i principi indiani, quando vogliono congedare qualcuno?

Mary rifletté. – 'Ora può ritirarsi', mi pare.

Allora il bimbo fece un cenno con la mano al GIARDINIERE. – Ora può ritirarsi – sentenziò.

Il signor Roach obbedì e, una volta uscito, scoppiò a ridere. Era proprio vero: c'erano grandi novità a Misselthwaite!

Uniti per sempre!

Il giorno dopo l'infermiera aiutò Colin a vestirsi. Stranamente il bimbo non rimase **RIGIDO** come un burattino di legno, ma cercò di aiutarla, infilandosi la camicia da sé, mentre chiacchierava piacevolmente con Mary.
– È una *buona* giornata – bisbigliò l'infermiera al dottore, quando questi passò a chiedere notizie. – È proprio di buonumore e si sente anche più in **FORZE!**
Dickon attendeva l'amico con la carrozzina davanti all'ingresso di casa.
L'infermiera portò Colin in braccio fino all'entrata e lo depose *delicatamente* nella carrozzina.

– Ora può ritirarsi – la congedò il ragazzino.

– Grazie.

L'aria fresca dei giardini fu quasi uno shock per Colin. Cercò la mano di Mary, che accorse subito a rassicurarlo.

– È normale che ti senta un po' smarrito. Non esci da secoli! – lo rincuorò lei. – Ora chiudi gli occhi e senti la primavera che ti avvolge, fresca e profumata...

Colin obbedì. Una brezza leggera gli carezzava il viso e lui iniziò a respirare profondamente, per conservare quei profumi e quei suoni dentro di sé, come un tesoro prezioso.

A mano a mano che procedevano tra aiuole, orti e giardini, Colin si sentì abbagliato dai colori accesi e colpito da sensazioni tanto forti, che il cuore gli martellava nel petto.

Per qualcun altro quella sarebbe stata solo una semplice passeggiata, ma per lui significava molto, MOLTO di più. Provava che era vivo, come le piante e i fiori. Ah, che spreco passare tutto quel tempo rinchiuso in camera come un **prigioniero**, quando c'erano tante cose belle e interessanti fuori ad aspettarlo!

Mary e Dickon condussero la carrozzina proprio di fronte alla PORTA ricoperta dal manto d'edera.

– Eccoci – bisbigliò Mary con aria complice.

Colin AGUZZÒ la vista. – Ma non c'è nessuna porta qui! – obiettò, deluso.

Mary sorrise. – Lo pensavo anch'io.

Poi la bimba scostò l'edera, mentre Dickon spingeva la carrozzina.

Colin si coprì gli OCCHI con le mani, troppo emozionato per poter guardare. E quando le tolse, vide qualcosa che non avrebbe mai, mai più dimenticato.

– Le rose! Mary, le rose! – gridò, battendo le mani ECCITATO. – E i narcisi, i crochi, le ginestre! C'è tutto, tutto quello che mi avete raccontato!

Mary e Dickon gli strinsero la mano, EMOZIONATI quanto lui. Erano lì, insieme. Uniti per sempre!

Rami nuovi,
rami spezzati

C olin avrebbe voluto avere dieci occhi, tante erano le cose da GUARDARE!
A mano a mano che Mary e Dickon lavoravano in giardino, gli portavano da vedere boccioli appena schiusi, rametti pieni di tenere foglioline e persino qualche penna di picchio CADUTA da un nido.

Poi Dickon spinse **lentamente** la carrozzina, perché Colin potesse conoscere ogni angolo del loro regno incantato.

E per tutto il tempo i tre bambini parlarono a bassa voce, per non farsi scoprire.

A Colin piaceva quell'aria di **mistero**: non si era mai sentito tanto eccitato in vita sua! Ma d'un tratto notò un albero con un grosso ramo spezzato. Era quello su cui amava sedersi la signora Craven e che disgraziatamente si era **SPEZZATO** in un lontano giorno di dieci anni prima. Lui non poteva saperlo, ma Mary sì: aveva notato quel ramo fin dai primi giorni della **SCOPERTA** del giardino e non aveva osato potarlo.

– Come mai quell'albero è così **SCURO?** – domandò Colin. – Dev'essere morto…

– Forse – nicchiò Dickon. – Ma vedi? È coperto di rose rampicanti e, quando saranno tutte **FIORITE**, sembrerà che abbia ripreso vita!

– Ma quel ramo… – insistette Colin, – di certo deve essersi spezzato tanto tempo fa, perché è tutto **SECCO**.

– Molto tempo fa, sì – troncò il discorso Mary.

– Oh, guarda il pettirosso, **LASSÙ!**
La bimba non voleva che Colin sapesse che
la sua mamma era venuta a **mancare** proprio
a causa di quel ramo spezzato. Si sarebbe di
sicuro INTRISTITO☹. Quella invece doveva
rimanere una giornata GIOIOSA per tutti!
E fortunatamente Colin si era già distratto a
guardare il pettirosso...

Guardatemi! Guardatemi!

*L*e emozioni di quella lunga giornata erano state così intense, che adesso…

– Ho **fame!** – esclamò Colin, tenendosi la pancia che brontolava.

Per fortuna Mary aveva portato con sé un cestino pieno di provviste per la merenda. Stese la tovaglia a terra e la apparecchiò con **panini** imburrati, formaggio e biscotti. Mentre i tre amici mangiavano di gusto, il sole iniziò la sua lenta **DISCESA** verso l'orizzonte.

– Il tramonto! – esclamò Colin. – Credo di non averne mai visto uno…

E, come se lo avesse sentito, proprio allora il cielo rovesciò sulla brughiera una cascata di riflessi **dorati**. Che spettacolo!

– Vorrei che questo giorno non finisse mai – mormorò Colin, chiudendo gli occhi.

Mary lo riscosse. – Domani tornerai. E anche dopodomani e il giorno dopo e sempre!

– Sì! Sì! – esultò il bimbo. – Verrò qui e…

– Camminerai! – dichiarò Dickon.

Colin **ARROSSÌ**. – Camminerò?

– E zapperai! – aggiunse Mary. – Che cosa credi? Non possiamo fare sempre da soli, quaggiù!

Il bimbo si sentì rimescolare tutto al pensiero di camminare, zappare e… magari anche correre e *SALTARE!* Poi qualcosa catturò la sua attenzione. – Chi è quell'uomo? – chiese.

Colin indicò un punto del **muro** di cinta.

I due amici si voltarono e **sbiancarono**.

In cima al muro c'era Ben.

– Si può sapere che cosa ci fate qui?! – li apostrofò. E fece per raggiungerli, ma qualcosa lo **FREDDO**. Ben aveva spostato lo sguardo da Mary al bambino sulla carrozzina. Quegli occhi grigi... Il **VECCHIO** giardiniere li riconobbe subito. Erano uguali a quelli della signora Craven! Non aveva dubbi.

– Il... il bambino... – mormorò con voce tremante. – Il bambino *malato*...

– Io *non sono* malato! – s'inalberò Colin.

– Io... io posso camminare!

E così dicendo, scostò dal grembo la coperta, puntò le mani sui braccioli della carrozzina e, con **grande** sforzo, cercò di alzarsi in piedi, senza dare segni di cedimento.

Mary e Dickon trattennero il respiro, allibiti. La bambina, emozionata, lo incitò tra sé: 'Forza, Colin, **FORZA!**' mentre Dickon si precipitava accanto a lui.

Colin tremava dalla testa ai piedi: si ag-
grappò all'amico e un attimo dopo, rosso
scarlatto per lo sforzo, si mise
in piedi, dritto come una freccia,
con gli occhi che brillavano.
– Guardatemi! – esclamò.
– GUARDATEMI! Io non
sono malato!

La magia
più grande

Ben, sconvolto, credeva di avere davanti uno SPETTRO.

Quel bimbo deciso, con le guance accese di EMOZIONE e gli occhi uguali a quelli della signora Craven, era il signorino Colin? Il giardiniere aveva voluto molto bene alla madre di Colin e, anche se circolavano **voci** sulla malattia del bimbo, in **cuor** suo lui era sempre stato sicuro che un giorno sarebbe guarito.

E ora se lo trovava di fronte, proprio al centro di quel giardino che sua madre amava tanto…

La vocetta di Colin lo RISCOSSE. – So stare in piedi! – gridava. – Io… io non ho più **PAURA!**

Ben scosse la testa, con espressione incredula.
– Sì! Sì, figliolo, lei è *bello* e forte come la sua mamma! – sussurrò.
Poi, incapace di trattenere le *lacrime*, si eclissò al di là del muro e *SCOMPARVE* alla loro vista.

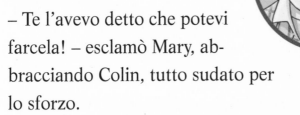

– Te l'avevo detto che potevi farcela! – esclamò Mary, abbracciando Colin, tutto sudato per lo sforzo.
– Tu… – mormorò il bimbo, guardando la cugina dritto negli occhi. – Sei tu che mi hai fatto una *magia*?
La bimba sorrise con *calore*. – Oh no, Colin. La magia è dentro di te ed è la stessa che fa crescere questi fiori e li spinge a sbocciare.
Proprio in quel momento, Ben fece di nuovo capolino, ma questa volta dalla porta.

Era strabiliato nel vedere il lavoro che quei ragazzini avevano fatto, tutto da soli, nel giardino.

Mary gli corse incontro. – Ha visto, Ben? Ha visto come siamo stati bravi?

Il giardiniere annuì, DISORIENTATO.

– Dato che ci ha scoperti – osservò Colin, – lei dovrà venire qui tutti i giorni ad aiutare Mary e Dickon. E nessuno dovrà saperlo, intesi?

Ben ARROSSÌ e accennò un sorriso: – Oh, ma io sono già venuto qui altre volte, sapete...

I tre bimbi TRASALIRONO.

– Vengo qui una volta all'anno – confessò il buon giardiniere, con gli occhi LUCIDI. – Solo per assicurarmi che le rose non muoiano del tutto. Erano le preferite della signora...

D'improvviso gli venne un'idea.

– Le piacerebbe piantare qualcosa, signorino? Una rosa, per esempio? Vado subito a prenderle una piantina.

Colin s'ILLUMINÒ, mentre Dickon e Mary correvano a prendere ZAPPA e annaffiatoio.

Quando la piantina fu messa a dimora, Colin si chinò a sfiorare con la mano l'erba SOFFICE.

E, come per magia, quel **semplice** gesto gli infuse tanta energia, che il ragazzino rimase ritto in piedi, felice come non era mai stato prima, fin dopo il TRAMONTO.

Una strana, stranissima guarigione...

A casa il dottor Craven ATTENDEVA i bambini con ansia.

– Ma dov'eravate?! – li RIMPROVERÒ. – È tardi, eravamo tutti preoccupatissimi!

Mary, Dickon e Colin non potevano dire nulla del giardino segreto, così cercarono di rimanere sul vago.

– Eravamo a passeggiare... – bofonchiò la bimba.

Il cugino invece, ancora eccitato per la giornata meravigliosa, s'indispettì per il rimprovero.

– Io non voglio essere ostacolato!

Uno dei peggiori difetti di Colin era proprio il modo sgarbato e **prepotente** con cui si rivolgeva agli altri. Ma bisognava capirlo: tutti lo avevano sempre assecondato e lui aveva vissuto come il **RE** incontrastato e incontrastabile di una piccola isola.

Anche Mary, a dire il vero, solo da quando viveva a Misselthwaite si era accorta che certi suoi modi potevano essere molto **ANTIPATICI** e aveva cercato di correggersi.

Il dottor Craven, paziente, visitò Colin.

– Nonostante l'eccitazione, **FEBBRE** non ne hai – sentenziò, sorpreso. – Sinceramente direi che stai bene. E tutto solo per una passeggiata! Che **STRANA** guarigione!

I tre bimbi si scambiarono un'occhiata complice e soffocarono una risatina. Altro che passeggiata…

E quello fu solo l'inizio!

Da quel GIORNO infatti Colin non
mancò mai di uscire. Stare all'aria aperta gli
faceva venire una gran fame, così piano
piano ingrassava e si rimetteva in forze. Ogni
pomeriggio, al riparo da occhi INDISCRETI,
si drizzava in piedi e cercava di resistere il più
a lungo possibile.

Solo Mary, Dickon e Ben sapevano che si
esercitava. NESSUNO, a Misselthwaite,
doveva sospettare nulla.

Perché Colin aveva un `piano`...

Forza, Colin!

Quando Colin fu in grado di restare in piedi senza STANCARSI, decise di tentare i primi passi.

Mary e Dickon gli rimasero accanto, ma non lo sorressero. Erano certi che poteva riuscirci da solo. Gli fecero invece CORAGGIO.

– Forza, Colin!

– Ce la puoi fare, Coliiin!

E Colin ce la fece, un passettino dopo l'altro, dapprima incerto e tremante, poi sempre più sicuro. Camminò lento fino alla fine del giardino e poi camminò indietro, poi ancora avanti…

Era così **concentrato**, che non riusciva
neanche a pensare a quello che stava facendo.
Solo quando tornò alla carrozzina, *esausto*,
si rese conto dell'impresa appena compiuta.
– Ho… ca-camminato! **CAMMINO!** – urlò,
guardandosi le gambe, incredulo.
Mary e Dickon si sentivano
scoppiare dalla **GIOIA** e corsero ad
abbracciarlo forte.
E fu solo l'inizio! Da quella mattina,
Mary suggerì di fare un po' di
ginnastica tutti insieme. Ora che
i muscoli delle gambe di Colin
riuscivano a reggerlo bene, bisognava anche
allenarli al **MOVIMENTO**. E non solo le
gambe: anche le braccia e tutto il resto!
Così, prima della merenda, i tre bambini
si appostavano all'**OMBRA** di un albero e
facevano esercizio.

Presto Colin riuscì non solo a camminare spedito, ma anche a correre, SALTARE e zappare, proprio come i suoi amici! Che felicità!

L'unica cosa che lo contrariava era il fatto che a casa doveva fingere di non saper camminare… Non voleva che la signora Medlock, il dottore o altri scoprissero il suo meraviglioso segreto: gli avrebbero rovinato tutto il piano!

Perché Colin aveva deciso di fare una SORPRESA a suo padre.

Sapeva che Lord Craven sarebbe tornato presto: voleva che lo vedesse correre e rimanesse SBALORDITO!

Ecco qual era il suo piano. Ed ecco perché doveva RECITARE la parte del bimbo ancora infermo, costretto sulla carrozzina.

Almeno finché non fosse tornato il padre!

Solo l'infermiera, che lo aiutava a infilarsi gli abiti al mattino e la camicia da notte la sera, aveva intuito che qualcosa di veramente *STRAORDINARIO* stava avvenendo al corpo del piccolo Colin.

Vedeva i muscoli più **robusti**, con le braccia e le spalle più forti…

'Questa è proprio la casa dei **misteri**' pensava. 'E quei bambini sono sicuramente il mistero più **grande**.'

La voce dei sogni

Finché Mary aveva nutrito antipatia e disinteresse per tutti e per tutto, era rimasta una bimbetta GRACILE, pallida e annoiata. Finché Colin, rinchiuso nella sua camera, aveva vissuto di prepotenze, lamentele e **PAURA** di essere malato, era rimasto un piccolo tiranno *capriccioso*, che non conosceva il calore del sole e lo splendore della primavera.

Ma quando pensieri *belli* e lieti avevano cacciato via quelli tristi e la natura aveva parlato loro con la sua voce *buona*, i due bambini erano rinati. Tutto era cambiato!

E tutto stava per cambiare anche per qualcun altro. Infatti, mentre il giardino segreto rifioriva e Mary e Colin RIFIORIVANO con lui, un uomo tormentato da ricordi tristi e DOLOROSI vagava senza meta tra i monti della Svizzera.

Era convinto di non avere più ragioni per essere felice e si era condannato da solo a una vita di solitari vagabondaggi.

Quell'uomo era Lord Craven, che non aveva mai cercato di vincere la propria disperazione.

Dal giorno dell'incontro con Mary, aveva viaggiato senza sosta. Ma una notte, proprio quella della giornata in cui Colin aveva imparato a camminare, Lord Craven SOGNÒ qualcosa che lo spinse a fermarsi. Sognò la sua bellissima moglie, che sorrideva nel suo giardino preferito. Era felice, radiosa e lo chiamava.

'Archie! Archie!' mormorava, con la sua voce dolce. 'Nel giardino, Archie, nel giardino!'

Lord Craven si svegliò di soprassalto, ma con una sensazione di benessere che non provava da tanto tempo.

– Nel giardino! – ripeté, confuso ed ECCITATO al tempo stesso. – Devo tornare nel giardino!

Così, appena spuntò l'alba, preparò i bagagli e partì, alla volta dell'Inghilterra.

Nel giardino!
Nel giardino!

All'arrivo di Lord Craven, i domestici di Misselthwaite notarono subito qualcosa di **DiVERSO** in lui. Era sempre cupo e scontroso, ma aveva una luce negli occhi che lo addolciva un poco.

La signora Medlock, che non si aspettava di vederlo tornare prima del previsto, lo accolse con preoccupazione e curiosità insieme.

– Come sta il signorino? – le chiese subito Lord Craven.

La signora Medlock esitò. – Sta… È molto cambiato, signore.

L'uomo CORRUGÒ la fronte. – È peggiorato?

– Ecco… – la governante **soppesò** la risposta.
– Non proprio, signore. Né il dottor Craven,
né l'infermiera, né io riusciamo a capire e siamo perplessi.
– Vado in camera sua – insistette lui.
– Oh, non lo troverà in camera, signore – disse
la signora Medlock, senza scomporsi. – Il
signorino Colin è in giardino. Come al solito.
Lord Craven **SGRANÒ** gli occhi. – In
giardino? Quale… quale giardino?!
– Oh, uno a caso, signore. A dirla tutta… non
ne ho **idea**. È con sua cugina Mary e con un
altro ragazzo.
Lord Craven uscì. Nella sua testa
continuavano a riecheggiare le **parole** del
sogno… 'Nel **GIARDINO!** Nel giardino!'
Sapeva dove andare. Camminò tra gli orti
e le aiuole, fino a raggiungere la porticina
NASCOSTA, chiusa da dieci anni.

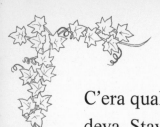

C'era qualcuno, all'interno. Qualcuno che rideva. Stava forse **sognando** di nuovo?
Scostò il manto d'edera e spinse la porticina. E quello che vide lo paralizzò.
Un bambino stava correndo proprio verso di lui, inseguito da Mary e da qualcun altro, e finì dritto tra le sue braccia.
Appena lo vide in volto, Colin avvampò per l'emozione. – P-papà! – *balbettò*.
Lord Craven sentì il cuoricino del bimbo **Battere** forte contro il suo petto.
– Colin? Colin! – esclamò, stupefatto. – Non è possibile... Il mio Colin...
Il ragazzino si **sciolse** dall'abbraccio e sorrise. – Sì papà. Sono io. Guarda come sono **FORTE** ora! Cammino e corro! Non vedevo l'ora di dirtelo, papà! Non ho detto niente a nessuno, perché volevo farti una sorpresa.
Lord Craven rideva e piangeva, **CONFUSO**.

– Una SORPRESA? Oh, piccolo mio! Non ti lascerò mai più, te lo prometto!

Mary e Dickon rimasero in disparte, mentre padre e figlio si **abbracciavano**, felici e commossi allo stesso tempo. Colin era guarito e il suo cuore era *rifiorito*. E la sua guarigione stava già contagiando anche il suo papà, dandogli la forza per ricominciare a vivere con gioia.

Quel mattino di primavera nel giardino segreto segnò l'inizio di una nuova stagione di **felicità**, che avrebbe avvolto per sempre le possenti mura di Misselthwaite.

Frances Hodgson Burnett

Frances Hodgson Burnett fu una scrittrice inglese.
Nacque a Manchester, in Inghilterra, nel 1849,
ma emigrò presto negli Stati Uniti d'America.
Orfana di padre e madre, iniziò a scrivere per ragioni economiche, perché doveva prendersi cura
dei suoi fratellini minori.

Dopo aver pubblicato alcuni scritti e romanzi di
modesto riscontro, nel 1886 diede alle stampe *Il
piccolo Lord*, che fu subito accolto dal pubblico

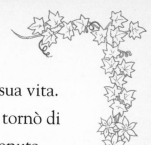

con grandissimo successo e trasformò la sua vita.
Grazie al denaro guadagnato, la Burnett tornò di
frequente in Inghilterra e acquistò una tenuta,
dove poté dedicarsi al giardinaggio, sua grande
passione.

Scrisse moltissimi libri, tra cui *La piccola principessa* e *Il giardino segreto*, che riscossero enorme successo di pubblico.

Attenta ai problemi sociali, ma anche amante
delle storie romantiche, seppe conquistare grandi
e piccini. I suoi libri parlano delle difficoltà che
s'incontrano nel corso della vita, della forza della
natura e dell'amore, come strumento per comprendere il mondo che ci circonda. Le piaceva
dire che ciascuno racchiude una storia dentro di
sé e che vivere significa raccontare quella storia.
Si sposò due volte e, dopo una vita molto intensa,
si spense negli Stati Uniti, a Plandome (Stato di
New York) nell'ottobre del 1924.

Indice

TOPOCOLLEZIONE

Leggere è un'avventura stratopica!
Segna tutti i libri della tua topocollezione! ☒

L'isola del tesoro

Il giro del mondo
in 80 giorni

La spada nella roccia

Piccole donne

Il richiamo della foresta

Robin Hood

I tre moschettieri

Il libro della giungla

Heidi

Ventimila leghe sotto i mari

Peter Pan

Piccole donne crescono

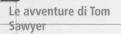
Le avventure di Tom Sawyer

Alice nel Paese delle Meraviglie

Sandokan - Le tigri di Mompracem

Le avventure di Robinson Crusoe

Il meraviglioso Mago di Oz

I ragazzi della via Pál

Geronimo Stilton

IL GIARDINO SEGRETO

PIEMME — di FRANCES HODGSON BURNETT

Il giardino segreto

Scopri tutte le nostre storie:
il divertimento è garantito!

Tea Sisters

i PREISTOTOPI

STORIE DA RIDERE

TENEBROSA TENEBRAX